I0536967

Masiphakameni Bafazi

Gcobani Pakade

no

M.D. Mgulwa

Copyright © Mgulwa MD 2023

Masiphakameni Bafazi

Onke amalungelo ale ncwadi ngawomniniyo. Akukho bani unelungelo lokuvelisa ngokutsha le ncwadi nokuba yinxalenye yayo ngokuthi ifotokotshwe, yenziwe umdlalo weqonga okanye ifakelwe iqweqwe elitsha engafumenanga mvume nasivumelwano kumbhali.

ISBN 9780639790251

Imbula mbethe.

Mawethu! Nantso ke le mbiza ibisoloko ibaselwa. Kufike ithuba lokuba mayophulwe, kudala ibaselwa. Ivuthwe idubhudubhu. Nditsho nabamazinyo asewasinyayo ibalungele. Bakusele bedibanisa inkalakahla nolwimi, bathi bimbilili.

Sithi masiphose ilitye kwesi sivivane sokuhewula, kukhuzwa esi sithwakumbe sokudlathuzeliswa, kwenzakaliswe de kubulawe amabhinqa ngamadoda, abafana namakhwenkwe.

Okwethu nje kukuvelisa ezinye iinkalo zokuqubisana nesi sihelegu. Akusukuba sidala izinto ezintsha nezingazange zathethwa, koko kukuthi makubazwe amehlo nkalo zonke.

Ikhwelo lityala nto zoobawo.

Abenu ngenene.

Monwabisi Mgulwa noGcobani Pakade

Kwilali yaseKamastone naseMceula.

Kukomani

KuCanzibe 2023

Umbulelo

UBawo wam Osezulwini ubenam nakweli ilinge ekusukeni kwiingcinga zokulisungula de labe liqukunjelwe. Ndiyambonga ngamaxesha onke.

Nangalo eli ilinge andinako ukuthatha nelinye inyathelo ukuya phambili ndingakhange ndithi nangamso kwinkosikazi yakowethu uMawushe, uMjoli. Kanti ke nabantwana bethu abayeki ukukhuthaza.

Ndidlulisa ongazenzisiyo umbulelo kumfundisi Nandipha Zuma. Undiphe umfutho kumalinge am okudibanisa iphepha nosiba kwade kwabe kuzelwe eli linge. Ndithi maz' enethole mthanjiswa.

Indima 1

Umboniso 1

Kusemzini kaNosiseko. Kuhleli uNosiseko ezenzela imisetyenzana yendlu yakhe.

Nosiseko: (*Ethetha yedwa*) Tyhini bawo, ingathi liyakhawuleza eli langa. Noko bendithi ndakube sendigqibe nokutshayela ibala. Hayi phofu akukh' apho ndingxamele khona. Imini isende (*ejonga phandle*). Tyhini inguNongazi noNongetheni nje aba basesangweni? Inokuba bavuswa yintoni kusasa kangaka?

Kufika uNongazi noNongetheni.

Bobabini: Nkqo, nkqo, nkqo!

Nosiseko: Ngaphakathi. Tyhini bafazi yintoni ukundonyusela umbilini kwakusasa kangaka. Thathani nazo izitulo. Ningabe nichopha ngeli xesha ndisawola le nkunkuma (*Ebashiya behlala esofeni esiya kuwola inkunkuma. Ethetha yedwa*). Yaz' ba bandiphathele ndaba zithini aba bafazi. Loo nto ndisuke ndanombilini ngathi bandiphathele iindaba ezimbi. Kodwa ke mandibahoye (*Ebuyela kwigumbi lokuhlala afike ahlale kweyakhe isofa*). Bhotani bethuna. Nakundixolela wethu nifike ndisatshayela.

Nongetheni: Hayi wethu Nosiseko ungakhathazeki. Noko sibadala siyabon' ukuba ubusaxakekile.

Nosiseko: Kunjani phofu ngempilo sisi?

Nongetheni: Hayi wethu mfazi sizakuthi akukho nto nokuba zikho. Kaloku nathi sakhula kusithiwa akukho nto. Ngaphandle koko ke sibulela ukugcinwa kude kube ngulo mzuzu sisaphakama. Ninjani nina fazi? Yho ntombi awabi sasiqwalasela ngako. Yintoni watshawuzisa amehlo wathi ukulo wabe ukulo?

{ 5 }

Nosiseko: Hayi sisi, nakuthi akukho nto itheni. Sibonga oko kugcinwa. Ndingathini na ukungatshawuzisi amehlo nisuke nandothusa nje? Kaloku zininzi izinto ezenzekayo kule Komani. Ngoku sesisothuswa naliphepha eliphetshethwa ngumoya. Sothuswa nazindwendwe esiziqhelileyo, ngathi ziza neendaba ezimbi. Kanti ke mna sisi ngaske ningandijikelezi, nivele nithethe le nto yenzekileyo.

Nongazi: Yhuu, awasigqagqanisela mfazi. Yintoni awabi sandibuza nempilo le?

Nosiseko: Yho, hayi wethu sisi ndenziwa kukothuka. Undixolele. Unjani phofu wena s'Nongazi?

Nongazi: Hayi wethu siphilile nathi ntombi. Bendikutsala nje kuba usisi Nongetheni ngeletshilo ukuba bendinehlaba.

Nosiseko: Ndiyabulela sisi. Phofu ke ndinganinceda ngantoni ngale ntsasa?

Nongetheni: Hayi mfazi, mus' ukudlala ngathi. Kaloku sizokudlula kuwe ukuya entlanganisweni.

Nosiseko: Uthini na ngoku sisi? Inene ningambulala umntu. Ngoku ndide ndonyukelwa nayipresha ndinengcinga yokuba nizise umphanga?

Nongetheni: Hehee bafazi. Ngumphanga kabani ke ngoku lowo? Thina sizokudlula kuwe njengesiqhelo ukuba siye emhlanganweni.

Nosiseko: (*Eqhwaba izandla*) Yho! Hay'ke ngoku niyandibhudisa sisi. Yintlanganiso yantoni le nithetha ngayo?

Nongazi: Hay'bo sisi. Oyena mntu usibhudisayo nguwe. Le ntlanganiso ibikhwazwa iveki le yonke kusithiwa inamhlanje ngentsimbi yeshumi? Jonga ngoku sel' izakubetha naloo ntsimbi yeshumi. Yhini na mfazi, iyintlanganiso esisoloko siyijonge ngabomvu sonke le yanamhlanje?

Nongetheni: Khumbula kaloku Nosiseko ukuba ikwanguwe lo usoloko ukhala ngokungabikho kweentlanganiso ezixovula izinto zamanina. Ungangayazi njani xa ifikile? Kutheni na mfazi waske wamayisheka?

Nosiseko: Ndinokufanela kaloku sis'Nongetheni, ndenziwa kukudinwa ziintlanganiso ezinezigqibo eziphelel' emoyeni okwezithukuthuku zenja. Kubangasa siyakhamisa 'haa' kude kumil' imixhadi. Yintoni esikhe siyizuze koko kuxhaph' amagwebu kwethu? Mna besendizixelele ukuba andisalubeki nakwenye intlanganiso ethi ifuna abahlali. Ndidikwe *finish* kukwenziwa isi- aha-aha ngamadod' eminy' imizi. Nangoku…

Nongetheni: (*Engenelela*) Yima ke mfazi. Ungade uzenzakalise. Uxolo ngokukubeth' emlonyeni. Khumbula kaloku thina asisazi isigqibo sakho. Kweliny' icala ntomb' akuthi thina siye salivuyela eli thuba livelileyo kuba yinto obusoloko uyimele le yokuba kutheni kungakhe kubekho intlanganiso yoomama bodwa kule ntlekele yenzekayo kwilizwe lethu. Yinto obuyimele leyo mfazi. Malingathi lakuvela elo thuba ibekwanguwe otaka phandle kuqala. Hayi, ayifani nawe loo nto. Ayifani nawe le uyenzayo ngoku.

Nongazi: Ukoleka umsundulu, sisNosiseko, thin' aba sibenolungazenzisiyo uvuyo sakuva ngale ntlanganiso. Sitsho sisazi ukuba inokuba intliziyo yakho imhlophe aph' ukhoyo xa lide lavela eli thuba. (*ekhomba phandle efestileni*) Jonga ngoku nantsi imiqodi yamanina idlul' apha. Ngokuqinisekileyo iya kulo mhlangano. Kaloku sisi umelw' uba uyayazi ukuba kumhlangano onje ngalo thina siyela ukuya kuxhasa wena kumalinge ohlele usichubela wona. Ngoku xa uzakurhoxa, lakuvakala nini ilizwi lakho?

Nosiseko: Mandicel' uxolo sisi. Khange ndazi ukuba yintlanganiso yoomama. Ndivile njengokuba bekumana kukhwazwa ngentlanganiso, ntonje ndivele ndaval' iindlebe andabi seva nokuba kuthiwa yintoni yaphi. Yinto ezakuthiwani ke ngoku le kuba khange ndizakhe ukuba ndiyaya?

Nongazi: Hay' wethu sisNosiseko, lungisa sizakukulinda. Noko iintlanganiso zethu azide zilibambe ncam ixesha. Nangoku kungenzek' ukuba ngu 10 for 11 lo kuthethwa ngaye.

Nosiseko: (*Ehleka*) Wow, hay' wethu Nongazi? Nawe ngoku sewungene kule ntetho yamakhumsha? Yithi ke khe ndiyokulungisa. Sekungcono kuba sendihlambile.

(*UNosiseko ubashiya besahleli egumbini lokuhlala, ahambe ayokunxiba.*)

Indima 1

Umboniso 2

Kusendleleni eya esikolweni. Kuncokola uThethiwe, u-Asive, uNomfezeko noSikhulile.

Asive: Hee *girls*, benizibonile iindaba eTV phezolo?

Thethiwe: Kuxhomekeka ukuba utsho ezanini tshoza.

Nomfezeko: Whoo tshomi, nokuba ungazibukela xesha liphi na iindaba, ziphindaphinda int' enye imini yonke. Ukuba kukho int' entsha uzakubona kubhalwe '*breaking news*'.

Asive: Hay' endoyisileyo yile yemizimba engaka yamabhinqa efunyenwe etyholweni. Kuthiwa kuphi na kula ndawo?

Sikhulile: (*Ekhuza*) Yhuu, tshomi! Andizange ndayibona enjeya intlekele. Akukho nesidingo sokwazi kwandawo leyo.

Thethiwe: Yhoo ntombi, andoyikanga ngako. Kwas'ke kwangathi kuthethwa ngam ndigwintiwe. Utheth' ukuthini ukuthi akubalulekanga nokwazi indawo? *What if* yenzeka apha into enjeya?

Sikhulile: *That's my point* kanye sisi. Yintoni ebangel' ukuba silibale kukuthi ubugebenga benzeka kwindawo ethile ngokungathi kuvumelekile ukuba kungenzeka kuloo ndawo, bungenzeki kuleya? Ubugebenga bunye nokuba benzeka phi nakubani na. Mna ndicing' ukuba ukubukhomba kude ubugebenga, ngakumbi ukundlandlathekiswa kwamabhinqa, kuhambelana nokurhona. Kukuba kobude ubuthongo.

Nomfezeko: Phuhla ntombi, sikuve. Mna ndodwa undilahlile.

Asive: Awungomkanja ntombi. Andiyibambi le nto ithethwa nguSikhu.

Sikhulile: Ndiqinisekile noThethiwe akandiva. Eyona nto ndiyithethayo *girls* yeyokuba into eyenzeke kweza *girls* isenokwenzeka nakuthi ngoku silapha. Sibe thina sisayikhomba lelele. Ngathi kum le nto inwenwa okomlilo wedobo. Jonga ngoku, ibintsha into yokuba kuthiwe nali ibhinqa libulewe latshiswa layokulahlwa etipini. Mangaphi amangcwaba amabhinqa ekuthiwa agujululwa eziyadini zabantu? Mangaphi amabhinqa uve kusithiwa adukile ze kuyokufunyanwa imizimba yawo seyibolile okanye inamalungu akrwentshuliweyo? Iyodwa ke le yokuba umntu axhaxhwe oku kwesilwanyana ze inyama yakhe ifakwe esutkheysini okanye e *fridge* (*Kufika uSivile ahambe nabo*). Yonke loo nto yenziwa ngoSivile aba.

Sivile: (*Othukile*) Haybo, yintoni *girls*? Ndathi ndizifikela ndabe ndiqatywa ngamafutha?

Thethiwe: Hayi kaloku *bra*, ulibel' ukuba isizwe sifa ngomnt' omnye?

Sivile: (*Ehleka*) Heheee! Hay' ke ngoku? Yintoni *guys*, nacacela ukundihlasela kwasekuseni? Kanti zikhipha ni ngani?

Sikhulile: Hayi wethu Sivile, sithetha ngobu bukrelemnqa nibenza kubantu abangamabhinqa.

Sivile: (*Ehleka ebheka phaya aphinde abuye*) Yo-yo-yo-yo! Hayini *gents*. Mna ndingenaphi kule nto niyithethayo? Nakhe neva kusithiwa ndi...

Sikhulile: (*Engenelela*) Nantso ke ingxaki yethu sonke. Abanye bayibona ikude kunabo le nto yokundlandlathekiswa kwamabhinqa ngamadoda. Nanku noSivile ezibona engachaphazeleki ekuphathweni gadalala kwamabhinqa ngamadoda.

Sivile: O-o-o! Ndiyakuva ke ngoku Skhu. Kaloku bendicing' uba uthetha ngam.

Sikhulile: Yingxaki yethu sonke le Sivile. Ingulowo ujonge isiqu sakhe. Uthi akuzijonga abone ingxaki ikude lee kunaye. Ngokwenjenjalo umntu ngamnye azibone engachaphazeleki koko kwenzekayo, amele qelele. Ithi ngaloo mini imfikele ngayo aqale aphunguphunguze ekhangela abantu abazakumncedisa kule ngxaki. Bazakube bephi ke, kuba umntu ngamnye ujonge isiqu sakhe?

Uyakuba wedwa ke kuloo nto yakho, babe bonke bakhe umkhanya.

Asive: Hayi kodwa tshomi andiqondi ukuba kok'zeke abantu bakhe umkhanya ngaphezu kokuba bededela umthetho ukuba udlale indima yawo.

Thethiwe: *(Ekhuza)* Uweee! Umthetho! Kukuza kukaNxele ke oko. Okokuqala abakwantsasana bazakuxelela ukuba abanamoto, ukuba ude waphumela ukubafumana kwezo foni zabo. Ithini ke ngoku loo nto? Bakufika sekudaloo kophulwa. Inye ke into abazakuyithetha yeyokuba umrhanelwa usagcwel' amathafa. Hay' ke, abakwantsasana abohlukanga kwaba bee- *ambulance*. Bacula *udoremi* omnye- asinamoto, imoto iphumile, wara-wara-wara.

Sikhulile: Mna ndiyaniva *guys* and andigatyi kwanto kwezi zinto nizithethayo. Eyona nto ndingayifumaniyo kuyo yonke le nto yokuhlukunyezwa kwabantu, nokuba ngamadoda phofu, andide ndifumane ukuba sithini thina. Senzani ngayo yonke le nto? Ndiyayiva le yamapolisa, ii-*ambulance* nomthetho. Kodwa andide ndifumane ukuba thina sithi siyibangula njani le meko.

Yhoo, naku sesifika esikolweni. Sakuphinda siyixubushe le nyewe, mhlawumbi sesinabanye abazakusincedisa.

(Bayafika esikolweni babe sebedibana nabanye abafundi.)

Indima 2

Umboniso 1

(Kusentlanganisweni yamanina eholweni lelokishi. Indlu imi ngeembambo ngabantu abazokuzimasa le ntlanganiso. Kuthandaziwe ngokokukhokelwa ngusihlalo. Emva komthandazo uye waqinisekisa ubukho bamaqela awenza i-forum yamanina.)

Usihlalo: Manenekazi abekekileyo. Gxebe, manene namanenekazi. Sendilibele ukuba sineendwendwe zasebuhlanti kulo mhlangano. Uxolo manene. Njengoko sesiyivulile le ntlanganiso ngomthandazo, saqinisekisa ukuba amaqela amele ukumelwa akhona, ngoko ke sinako ukuyisungula i-*ajenda*. Ndiqinisekile ukuba sonke sinayo i-*ajenda*. Umntu ongenayo, iyafumaneka kwesi situlo singaphambili. Ndicing' ukuba zingasonela sonke iikopi ezenziweyo.

Kukho umama ophakamise isandla, makhe ndimphe ithuba aphefumle.

Nolizwi: *(Ephakama)* Enkosi sihlalo. Ndiphakamela ukubuza. Umbuzo wam usuka ekubhidekeni kwam. Bendiba mna isimemo sithe le yintlanganiso ye-*women's forum*. Andazi ke nokuba ndisive kakuhle na. Ndixakwa yinto yokuba kukho ootata abakhoyo kwaye bavunyelwe ukuzimasa. Ndiphakamela ukufun' ukuqonda ukuba bona bavunyelwa ngabuni na?

Usihlalo: Ewe mama wam, awuphazami. Isimemo sinje ngokuba usitsho. Aba tata babini nibabona apha, lo uhleli ngakum nguceba weWadi, ze lo ungaphaya kwakhe ibengunobhala weWadi. Njengoko intlanganiso iqhubekela eWadini yabo kumelekile ukuba babekho ukuze baqiniseke ukuba kwenziwa le nto bekuthiwe izakwenziwa, hayi ukuba kuxoxwe izinto ezinxamnye neenkqubo zolawulo lweWadi.

Nonzingo: *(Ephakama emva kokuba evunyelwe ukuthetha ngusihlalo)* Enkosi sihlalo. Ndithi nam mandiphakame ngelizama ukutyebisa lo mbuzo kaNolizwi. Eneneni sihlalo asikukuba asibazi ukuba ngoobani aba tata bakule ntlanganiso. Siyabazi kwaye sibahloniphile. Ndicing' ukuba eyona nto iphakanyiswa nguNolizwi yeyokuba lo mcimbi singawo apha ngowamanina. Ngoko ke besilindele ukuba ibe ngamanina odwa azimase le ntlanganiso.

Eyokuba bezokujonga ukuba senza yona na ayiginyeki kamnandi ke noko. Loo nto itheth' ukuba amanina awanakwenza nto ibhadlileyo engekho amadoda. Yile nto siyilwa umhla nezolo ke leyo. Asiyiyo le Phatheyakhe eyokuba sixhomekeke emadodeni nakwizinto ezifuna amanina? Sisayilwelani ke ngoku iPhatheyakhe ukuba kwathina sizakuphinda siyixhase?

Nozamile: Mhlali ngaphambili, ndicing' ukuba ngesizamela ukukhabela ezipalini. Ngoku ingathi iyakuqala ngonoquku intlanganiso le size kuyo. Sijijisana ngento encinci kakhulu ebekungamelwanga ukuba sikruthakruthana ngayo. Ndicing' ukuba singayanga nakulo mba wale *patriarchy* athetha ngawo uNonzingo, ngokuzithoba okukhulu siyacela ukuba khe sibe sodwa kulo wanamhlanje umhlangano. Ndinethemba lokuba likho iqonga apho sizakuba sonke nootata. Kanti ke nabafana ndicing' ukuba ekuhambeni kwexesha bazakudingeka. Kodwa okwanamhlanje makhe sibe sodwa, ze kuthi xa kuye kusiya phambili sizihlasele xa sisonke iziphakamiso ezakuthi zivele.

Nokuthula: Ewe bathethile oomama abathethe phambi kwam. Mna ndiphakamela nje ukugxininisa isicelo esi sisenzayo. Asikuko okokuba sixabene nootata aba, ntonje senza isicelo sokukhe siwuxubushe sodwa lo mba.

(Uceba usebezela usihlalo. Uyaphakama usihlalo amise ingxolwana ebiqhubeka.)

Usihlalo: Manenekazi, ndiphakamela ngenjongo yokuqoshelisa lo mba sixoxa ngawo. Ewe iyavakala into ethethwe ngala manina asandul' ukuhlomla. Ndifuna ukuqiniseka ukuba esi sicelo sabo sisicelo sentlanganiso yonke (*bakhwaza* *abantu besithi kunjalo).* Eneneni ke ayixoxisi le nto kangangokuba uceba nonobhala bayiva kakuhle kwaye bayasamkela isicelo samanina. Ngoko ke bazakusipha igumbi.

(Uceba nonobhala wakhe bayaphakama baphume.)

Ukubuyela kumba wethu ke manina, masibuye siqwalasele i-ajenda yethu sibon' ukuba siyoneliseka yiyo na. Apha sizakuthetha ngomcimbi wokuhlukunyezwa kwamanina emakhaya, ukudlwengulwa kwamanina, ukuquka iimveku, ukubulawa kwamanina kubikwa izizathu eziliqela ezikhokelela koko. Oko ke kuquka ukukhweleta, ukutshabalalisa ubungqina emva kodlwengulo, ukuthakatha, njalo njalo. Zininzi ke izinto ezithethwayo ekuthiwa zizizathu ezikhokelela kulo mkhuba. Bambi babala intswelo ngqesho, bambi bathi ziziyobisi, abanye babika ukungalawuleki kwabasebuhlanti, ukuquka amakhwenkwe. Kanti ke abanye babika ukungakwazi ukuziphatha kwamanina. Zininzi ke zinkosi zam.

Mna ndihlahla indlela nje. Kodwa ke ngaphambi kokuba ndivule iqonga ndicela ukuqonda ukuba akukho bani na obona kukho umcimbi oseleyo ube ufuna ukuxukushwa.

Naso isandla (*Utsho ekhomba*). Ungaphakama mama uthethe.

Nangamso: Enkosi mbhexeshi nkqubo. Mna ndiphakamela nje ukuthi ngaske songeze umkhombandlela phaya ekugqibeleni. Ndicing' uba xa singenawo sakube sixoxa nje into ezakuphelela emoyeni.

Usihlalo: Enkosi Nangamso. Akekho omnye oneny' indawo anqwenela ukuba ingafakelwa? (*Ephunguza*) Xa ndijongile ngathi asikho esinye isandla. Lilonke siyayivuma le ajenda. Ngoko ke masiqhubeke ngale micimbi ithiwe thaca kuyo.

(Intlanganiso iyaqhuba kuxukushwa imiba ebekwe kwi-ajenda.)

Indima 2

Umboniso 2

(Kuseholweni ledolophu. Kudibene izikolo ngezikolo zemfundo ephakamileyo. Yingxoxo yabafundi abakhethwe zizikolo zabo.)

Nqununu: Besendibulisile ke bantwana *(bavuma bonke)*. Andizukubambezela ixesha lenu. Ndiphakamela nje ukuba sisungule lo mcimbi singawo namhlanje. Mandinazise nje ukuba ndilapha phakathi kwenu nje ndicelwe lisebe lenqila ukuba ndizokunamkela xa ninonke ngokulinganayo. Ndiyazi, njengoko nani nisazi, ukuba isikolo ngasinye apha kwinqila simelwe ngabafundi ababini, inkwenkwe nentombazana. Kwakhona siyazi xa sisonke ukuba isikolo ngasinye sinikwe isihloko esizakuthetha phantsi kwaso. Zonke ke ezi zihloko zifumbathe igalelo kumcimbi we-*Gender Based Violence*. Noko kunjalo ke owona mcimbi sizakugxila kuwo umalunga nokuhlukunyezwa kwabesinina ngabasebuhlanti. Okona kungundoqo kuyo yonke loo nto kukuba nithi makuthiweni ngalo mcimbi.

Mna ke akukho nxaxheba ndizakuyenza kwiingxoxo zenu. Zezenu ezi ngxoxo. Mna ndikholo nje ukuqinisekisa ukuba yonke into niyenza ngocwangco. Nalapho ndizakube ndincedisa umbhexeshi okhethwe nini. Niyazi ke ukuba nikhethe njani na. Umbhexeshi oye wafumana iivoti ezodlula bonke abo benifake amagama abo nguNkululeko. Yiza ngaphambili ke Nkululeko uzokuthatha isikhundla sakho *(Kuqhwatywa izandla ngeli lixa uNkululeko aya eqongeni. Ufika axhawule inqununu amange abe selethatha umboko wokuthetha).*

Nkululeko: Ndiyabulela kuwe mfundisi. Ndibulela nakuni bafundi. Ndibulela ngakumbi ngokundikhetha ukuba ndibhexeshe le nkqubo yanamhlanje. Ndiyathemba ukuba andiyikuniphoxa ekuyisingatheni. Noko kunjalo, ndikwaxhomekeke ekuziphatheni kwenu ukuphumelela ukubhexesha ngendlela eniyilindeleyo.

Singaphozisanga maseko ke, sizakuqala inkqubo yethu ngolu hlobo: sizakubiza isikolo ngasinye khon' ukuze abanyulwa baso beze ngaphambili bazokunika imibono yabo ngokwesihloko abasinikiweyo. Isikolo ngasinye ke sabelwe imizuzu engamashumi amabini ukudlulisa intetho yaso.

Nikhumbule ke ukuba amagalelo esikolo ngasinye athunyelwa kwii-ofisi zenqila. Ngoko ke kulindeleke ukuba isikolo ngasinye siphefumle sibhekisele koko besikuthumele e-ofisini. Loo nto ke ayithethi ukuba uyakude uyifunde igama negama, kodwa ungaphambuki koko benikuthumele.

Ixesha lesikolo ngasinye ke liqala ngalo mzuzu ndikunika ngawo umboko, liphele xa umgcini xesha esithi liphelile. Ndicela ke singalibazisi ukusuka ezitulweni ukuya eqongeni.

U-Ulibhongo iyakuba nguwe ke umgcini xesha.

Ndicing' ukuba siyevana kuyo yonke le miba.

Ngoku ke mandibize isikolo sokuqala.

(Kukhwela eqongeni uNongqingqwa kunye noMomelezi. Bafika baxhawule uNkululeko. UNongqingqwa uthatha umboko wokuthetha.)

Nongqingqwa: Ndiyabulela kuwe mphathi nkqubo, ndizibulisela kubafundi ngokubanzi nakumfundisi ozimase le ndibano. NdinguNongqingqwa ndihamba nomlingane wam uMomelezi. Ndim ozakuhlomla ze kuthi apho ndisilele khona angenelele uMomelezi.

Sisuka kwisikolo semfundo ephakamileyo sasemaphandleni, iNkwenkwezi. Isihloko sethu sithi, '*Intlalo yamanina ezilalini*'. Njengoko nisazi okanye nimele ukwazi, ezilalini phaya ulawulo luphantsi kweenkosi. Zikhona ke iinkosana kunye nooceba. Ithini ke intlalo yamanina ezilalini? Amanina aphantsi koxinzelelo olukhulu. Izinto ezininzi zenziwa ngawo. Ndithetha ngezinto ezinje ngokutheza, ukukha amanzi, ukupheka, okuhlakula, ndibala ntoni na. Eneneni zonke ezi zinto bezifudula zithathwa njengemisebenzi yamanina.

Kodwa ngoku amaxesha ngamanye. Yiba nombono xa inina licanda amathafa, linyuka imixawuka lithwele i-25 litha yonke yamanzi entloko umgama ongaphezulu kweemitha ezilikhulu ukuya kwikhilomitha. Ngelo xesha ufumanis' ukuba le nto kufuneka liyenze nakane ngemini kuba la manzi ayadingeka. Angundoqo kuyo yonke into eyenzeka ekhayeni. Kweliny' icala kukho abantu abavele bavulele impompo endlwini, kutak' amanzi. Loo mntu akahambanga nomgama ongangemitha enye.

Zikhona iimpompo kweziny' iilali, kodwa yimihombiso nje engancedi mntu nganto. Umbuzo uthi, kode kube nini kunje? Unyaka nonyaka siyathenjiswa, kodwa dololo.

Siye ekuthezeni. Nina nivele nicof' incukuthu edongeni nibe senibek' iimbiza. Thina uyakuhamba loo migama usiya kuchola iinkuni. Ayikokuchola nje. Loo nyanda isindayo kufuneka ihlel' entloko loo mgama. Ukufika kwakho ekhaya ukwalindeleke ukuba uphembe umlilo kwangezi nkuni ziza nawe, wakugqiba ubek' imbiza. Luphi ulonwabo apho?

Ezo zinto zingajongeka ngathi zincinci, kodwa kuthi manina yimpathombi. Kodwa uzakukhalela bani kuba abo banako ukwenza ngcono iindlebe bazivala ngonoquku.

Amanyumnyezi enzeka ezilalini zethu ahambis' umzimba. Wakhe wayiva phi into yokuba umfanyana obeyalwa izol' oku uve kusithiwa nanko udlwengule ixhegwazana. Ngamanyal' avela phi lawo? Kukodwa ukuba uve kusithiwa nanko umakhulu othile uhlaselwe wabulawa, mhlawumbi kwatshiswa naloo ndlu yakhe. Isizathu yintoni? Kuthiwa uyathakatha. Andisathethi ke ngeyotatomkhulu nomalume ova kusithiwa badlwengule iimveku. Lisikizi lantoni elo? Kanti ke nathi mantombazana asisindanga. Eyokuba udlwengulwe phambi kwabazali bakho itheth' ukuthini? Ukudlwengula oku kukodwa kutheth' ukuthini? Zonke ezi zinto zenziwa nini balingane bethu abangabafana. Ningenwe yintoni engqondweni? Ngamabhungane aluhlobo luni la atyhutyhatyhutyha ubuchopho benu de kucac' ukuba anisakwazi nokucinga njengabantu?

Yintoni isono sethu kuni? Ingaba lityala na ukuzalwa singamanina?

Xa inina likhala licela uxolo ulidlwengula, sithini isazela senu madoda, xa ezakucela uxolo engenzanga nto? Yhini Thixo ukuba uthi cwaka sisakube sizizidalwa zaKho?

Singazibala kuse mhlali ngaphambili.

Kusenzeka ezi zinto nje bakhona abalawuli, aba bendibabalile. Zikhona iiforamu ezijongene nocwangco. Okanye mandithi ezimelwe ukuba zijongene nocwangco. Kodwa zonke ezi zinto zenzeka bethe ntaa amehlo. Abasaboni nangamehlo, bengeva nangeendlebe. Phofu ke bejongile kwaye bemamele.

Elokugqibela lam lelokuba masiphakameni bant' abatsha sinqande nal' iliwa lizakusiwela. Kutheni sivuma ukwenzeka kwezi zigigaba ngelethu ixesha? Kwakuthi kusiba lixesha labantwana bethu sibe siphi? Xa siyibethisa ngoyaba le ngxaki ngokuqinisekileyo ebantwaneni bethu onke la masikizi ayakwenzeka emini lihlab' umhlaba. Iyakube isithi oomakhulu abatyholwa ngokuthakatha. Iyakube isithi oomakhulu ababulawela indodla yabo.

Mandehle mhlali ngaphambili. Enkosi.

(Kuqhwatywa izandla. UNongqingqwa noMomelezi
bayahamba bayokuhlala phantsi.)

Nkululeko: Kwekhuu! Hay', hay', hay'. Ingathi izakubashushu le ngxoxo xa iqalwa ngezinga elinje. Ndingalibazisanga xesha mandibize isikolo sesibini size ngaphambili.

(Kuphakama uNgcwele noNomasamariya. Bafika eqongeni baxhawule uNkululeko, uNgcwele abe selesamkela umboko.)

Ngcwele: Enkosi mbhexeshi nkqubo ngokusinika eli thuba. Ndibulise kumfundisi nakubafundi ngokubanzi *(Bayavuma)*. Mna ke ndinguNgcwele igama. Ndihamba noNomasamariya. Esethu ke isikolo silapha elokishini. Naso sisikolo semfundo ephakamileyo iVul'umqondo.

Isihloko sethu sithi, *'Inkonzo nengxubaxaka yobundlobongela obujoliswe kwabasetyhini'*.

Intetho yam ndizakuyiqala ngelithi kule minyaka sikuyo kuye kukekelela ekwamkelekeni kwamanina ukuba abambe izikhundla eziphezulu ecaweni. Loo nto ibonakalisa inguqu kwingqondo ye*'patriachy'* apho ezi zikhundla bezisakuxhanyulwa ngabasebuhlanti kuphela. Noko kunjalo isekhona imingqandandana esadla ngendeb' endala. Kanti ke naba sebeguquka basamana ukuphuncukelwa lulwimi. Xa bebiza umfundisi wasetyhini bathi 'mamfundisi'. Akumelwanga ukuba kunjalo. Umamfundisi yinkosikazi kamfundisi. Bambi bade bathi mfundisikazi. Yintoni leyo? Ngumfundisi omkhulu? Bubuyilo ukubiza abefundisi ngala magama. Kanti lo sithetha ngaye ngumfundisi, qwaba. Alikho elinye igama ngaphandle kokuba ungathi mthanjiswa.

Mandibuye ndize kumcimbi wenkolo. Xa sithetha ngenkolo asithethi ngecawe. Xa ndinokuyikhumsha ndingathi sithetha nge- *'religion'*. Zininzi ke iinkolo ngeenkolo endingenakuzibala ngenxa yexesha. Into ephambili yeyokuba zonke ezi nkolo zikholelwa kuMdali. UMdali ke unemithetho ngemithetho ayibekileyo. Le mithetho ichaza indlela afuna nalindele ukuba akhonzwe ngayo nguye wonke umntu apha emhlabeni. Mhlawumbi ke nasezulwini kunjalo. Kodwa ndizakuthetha ngale ndawo ndikuyo.

Apha emhlabeni abantu bambulala kudala uMdali. Andazi ke nokuba sebamngcwaba na. Into eseleyo kukuba siphindaphinda sicula amazwi awawathethayo eyimithetho yakhe. Kodwa nkqi ukuyenza. Nina nicing' ukuba angakho umzali onokuphila emphefumlweni xa abantwana bakhe bengenzi ngokwemiyalelo yakhe? Ke ukuba aba basizalayo abazali abanakuphila emiphefumlweni, kukangakanani kulo wasidalayo? Kungoko sithi wabulawa ngonoquku.

Ingxaki yethu sizenze oothixo, sibe umsebenzi wobuThixo singawazi. Inye into efunwa nguMdali kuthi, yindlela yokuziphatha. Ndingayikhumsha ndithi *moral ethics*. Yonke loo nto ime kwisiseko nentsika eluthando. Xa singwakwazi kuziphatha loo nto ithi asinalo uthando kwaye asingekhe sibe nenyani. Isizathu soko kukuba sisuse indlu yoMdali eyintliziyo saya kuyigxumeka kwizakhiwo zezitena nodaka. Yiyo loo nto ufumana le ngqushu yenzekayo kwezo zakhiwo.

Ngaphezu kokungabikho kwenyaniso kulandela ukundlandlathekiswa kwabantu ababhinqileyo sibe sisithele ngale ncwadi imlom' ubomvu. Wakhe wayibona phi into yokuhlukunyezwa kwamabhinqa ezindaweni zokukhonzela? Iphi indlela yokuziphatha kubakhonzi? Ingaba abo bathi baphathiswe ukuhambisa ilizwi bathetha inyaniso? Leliphi eli lizwi bathi bayalihambisa xa kweliny' icala besenza imisebenzi kamtyholi. Lelikamtyholi? Ngokuqinisekileyo xa ingelilo elikaMdali lelikamtyholi.

Xa ndisithela ndizakuqukumbela ngelithi, 'bayekeni abafi bangcwabe abafi'. Ke thina sisaphilileyo sinoxanduva lokuphakamisa ibhanile kaYesu Kristu ngenene nangenyaniso.

Ukwenjenje mandinike ugxa wam lo agqibezele le mizuzu iseleyo kwixesha lethu (*Unika uNomasamariya umboko*).

Nomasamariya: Enkosi Ngcwele. Linye elam endizakuliphosa lelokuba masimeni ngeenyawo zintombi. Masingamvumeli uSatana adlale ngemizimba yethu. Nokuba sekusithiwa uze ekweyiphi imo, masime enyanisweni. Ilizwe libi, lifile.

USatana ubhokile efuna nabani na anokumqwenga oku kwengonyama. Ude athi chatha xa enxanelwe isondo. Iidemoni zakhe zide zize ziqulathe ibhayibhile. Zimbi zinxibe neekhola. Zimbi ziza zixunele ukubeka izandla zisithi ziyaphilisa. Kodwa uthi wakubona umzila uqond' ukuba nguSatana ngenkqu. Ithi into uSathana akasoze asuswe phakathi kwethu, koko sithi abamelwe kumbona, sakugqiba simchase. Nelizwi litsho ngokucacileyo ukuba masimchase uSatana, uyakusibaleka. Kungani ke ngoku thina ukuba simvumele asilahlekise? Iphi ingqondo nengqiqo yethu xa sidudulwa sisenziswa izinto esingahambisaniyo nazo?

Kule mihla kunyazelekile ukuba singathembi namnye umntu ngaphezu kokuthemba iMvana eyasifelayo. Ithi ke ngoku lento, wena ntombazana nawe mama xa ubizelwe bucala musa ukuya wedwa. Yiba nomkhaphi nokuba sewunyanzelwa ukuba uze wedwa. Lo moya sithi sinawo onguMoya Oyingcwele mawusixhobise silwe konke okungendawo. Kutheni lo wethu umoya usivala imilomo?

Nani ma*boys*, nithuleleni kusonakala? Nizakuthi aniboni ngoku nijongile? Phakamani nitshabalalise ukuphathwa gadalala kwamabhinqa nini.

UYesu Kristu wayengangathi aba ngobudala kodwa wakwazi ukuthomalalisa uqhwithela. UYesu Kristu wayelingana nathi aba kodwa ngulo watywatyusha abaphathi becawe xa babesenza ubundlobongela ecaweni. Kanti ke kwalo Yesu Kristu walamla mini apho amadoda akwizikhundla eziphezulu ayeceba ukubulala mama uthile. Wathi akuthi owokuqala ozaziyo ukuba yena umsulwa makaqalise agibisele lo mama. Uzuqond' ukuba babephethwe ngumoya kaSatana bavele bathi shwaka ngephanyazo okwemishologu.

Ke ngoku thina ngomphi lo sithi siyamlandela xa sizakujika sife ingqondo siphila, sithi ngelethu ixesha soyiswe kukulwa ubundlobongela obujoliswe kumabhinqa?

Siyabulela mphathi nkqubo ngenxaxheba osiphe yona. Enkosi.

(Kuqhwatywa izandla uNgcwele noNomasamariya bayokuhlala.)

Nkululeko: (*Ekhwaza embokweni*) Halaaala, mzalwana halala! Halaaala dade, halala! Ikhwelo lityala nto zobawo. Ngoku ke sizakubiza isikolo esilandelayo. Sakuva kubo ukuba basiphathele ntoni na.

(Kwenyuka uMkhonto noNomakrele ukuya eqongeni. Nabo bafika baxhawuleuNkululeko abe uNomakrele selesamkela umboko.)

Nomakrele: Nathi siyazibulisela kumfundisi okunye nathi apha. Sibulise kubo bonke abafundi. Siyabulela mphathi nkqubo ngokusipha eli thuba. Nathi ke zinkosi sisuka kwisikolo semfundo ephakamileyo sasezilalini, iVulamehlo, apha phesheya kweNciba kwakule nqila yethu iChris Hani.

Thina ke siphathiswe ukuphefumla ngezolawulo, le nto bathi xa beyikhumsha '*politics*'. Isihloko sengxoxo yethu sithi, '*Ukuzinikela kwezolawulo kumba wobundlobongela obujoliswe kumabhinqa*'. Naso ndicela ukusikhumsha ukuze ivakale kakuhle kuthi sonke. Ithi '*Political will towards female based violence*'.

Ndicela sivane ke bafundi ukuba apha asithethi ngokuhlukunyezwa ngokwesini, le nto abakhumshileyo bathi *yiGender based violence*. Sithetha ngokuhlukunyezwa kwamabhinqa.

Isizathu soko kukuba seyifana nokutya umngqusho into yokuhlukunyezwa kwamabhinqa kweli lakuthi. Ulala usiva ukuba kundlandlathekiswe ibhinqa ngumntu othile wasebuhlanti, uphinda uthi uvuka uxukuxiswe ngeendaba zokuba kuthuthunjiswe ibhinqa ngumntu wasebuhlanti.

Okwesibini umba we*Gender based violence* uphangalele kakhulu kangangokuba singade singabinako ukuyibona ukuba ingxaki iphi.

Ingxaki yethu isekuhlukunyezweni kwamabhinqa ngabasebuhlanti. Singayikhumsha ke sithi sithetha nge *Female Based Violence*.

Kangangendlela abahlukunyezwa ngayo seyiyinto efuna ukuqheleka into yokubulawa kwamabhinqa mihla le. Maxa wambi abaneli kubulawa nje bade bayokulahlwa emathafeni nasemilanjeni oku ngathi kubulawa izilwanyana ezingadingeki nganto ekuhlaleni. Kunjalo nje le nto yenzeka abantu beyazi kodwa bangatsho ukuthatha amanyathelo okuyinqanda. Into esuke yenzeke kukuba sisuke sithethe ngayo okanye side sinkinkqe ngayo. Ukusuka apho side senze imiqhankqalazo emalunga nabatyholwa, sibe phofu ingxaki singayisombululi.

Ingaba ezo zinto xa zizonke ziyakuphelisa ukunukunezwa nokubulawa kwamanina? Nakanye!

Umbuzo uthi, ingaba kuphi ukuzinikela kwezolawulo kumcimbi wokunukunezwa kwamanina? Xa sijongile apha eMzantsi imibutho yolawulo ingangoboya benja, ikhiwa ngezityra. Ingaba bakweliphi icala ekupheliseni ukunukunezwa kwamanina? Andizukuthi akukho nto bayenzayo abalawuli. Ikhona. Into abayenzayo kukuthetha ngayo, hayi ukuyiphelisa. Xa kunjalo ke, singaba sinyanisile xa sisithi bayakuphelisa ukunukunezwa kwamanina?

Ngongenamehlo okubona neendlebe zokuva ongenakuyibona nokuva into abayenzayo xa behlangene kwindlu yowiso mthetho. Bayaxhwithana, bayalwa, bayatyholana, bayangxola. Ingulowo umbutho utyhola omnye ngokungenzi ngokufanelekileyo. Kanti yona ikholo ntoni ekuhlaleni? Ikholo ntoni epalamente? Kukho ezi zinto kuthiwa zii*portfolio committees* apho umbutho nombutho umelwe khona. Yintoni abade bayenzele uluntu siyibone?

KwiWadi newadi kukho uceba. Ekuhlaleni kukho umbutho wabahlali. Kungani ukuba ukuphindaphindwa kokubulawa nokunukunezwa kwamanina kuqhubeke kodwa kukho loo maqela?

Into ebonakalayo bathi bakuhlala kwezo zitulo zabo suke bamile amaphiko babe ngamakhozi neentambanane zona zindiz' emafini. Bathi bakwehlela ebantwini, suke babe ngabokuqala ukunukuneza amanina. Nditsho mna into yokuba ukuze inina lifumane ingqesho, okanye lilungiselelwe izidingo nokuba zezoluphi na uhlobo, kufuneka linyanzelwe ukuba lenze okunxamnye nentando yalo.

Umbuzo endinokuwubuza ngowokuba yintoni enqabela abalawuli ukuba abangekuphelisi ukunukunezwa kwamanina? Impendulo yam inye, kukuba bathi bakonyulwa babe ngoohlohlezabo. Balibala nezifungo ezi bazenzileyo, kuquka nabo bebebafungisa. Hayi ke uyakuthi engena e-ofisini namhlanje, ngomso selenguvuz' imali. Kuthengwa udlomdlayo ngamaxabiso angaphaya kokuqonda. Ngelo xesha kukho amakhaya alala ngamanzi. Loo makhaya anamanina akhalelwa ngabantwana ubusuku nemini. Ayikokunukuneza oko?

Intetho yam mandiyivale ngokucaphula enye ingqondi ethi, '*the word politic comes from the Greek word* **polites** *which means those who are interested in public affairs, appreciating and serving the common good. The opposite of polites is* **idiotes** *which means those who are interested only in private affairs. They are incomplete human beings, immature, self absorbed individuals who are incapable of seeing the greater good and of realizing the well rounded humanity that comes from participation in public life'*.

Ngalo mazwi mandinikele kugxa wam ahlomle (*enika uMkhonto umboko*).

Mkhonto: Enkosi gxa wam. Ndizakubas' iindiza kuba nanku nomgcini xesha esithi lishokoxekile. Okwam nje nto zoobawo kukubuza ukuba ingaba lo mcimbi wokuhlukunyezwa kwamanina usingathwe zii-*polites* okanye zii-*idiotes*? Kukuni ukuzihluzela. Okuphambili kukuba masithathen' unyawo nto zoobawo siphelise ukunukunezwa kwamanina. Kudala kuthethwa kungenziwa. Ngoku lifikile ixesha lokwenza. Ingaba kufuneka siyokunkqonkqoza kwii-ofisi zendlu yowiso mthetho ukuze kuphele ukunukunezwa koomama? *No no no*, akunjalo.

Iqonga lokuqala lolawulo lulapha ekuhlaleni, kwaye kulapho ukunukunezwa kwamanina kwenzeka khona. Masipheliseni ukunukunezwa kwamanina apha kwiindawo esihlala kuzo kwaye sinyanzelise abalawuli ukuba badlale indima efanele ukudlalwa ngabo ukuphelisa ukunukunezwa kwamanina. Nindive kakuhle bafundi, andithi ukulwa koko ndithi ukupheliswa kokunukunezwa kwamanina.

Ndiwubuyisela kuni ke umbuzo othi, Ingaba kukhona ukuzinikela kwezolawulo ekupheliseni ukuhlukunyezwa kwamanina? Niyakuziphendulela. Enkosi mphathi nkqubo.

(Kuqhwatywa izandla, behle eqongeni uNomakrele noMkhonto.)

Nkululeko: Hay', hay', hay', ingath' umntu uzakudel' akholwe. Yeny' imini le yanamhlanje. Kophuka izikeyi. Mandibize isikolo esilandelayo khe sive ukuba sifake ntoni na sona emgqubeni.

(Kunyuka uNomthetho noSiseko besiya eqongeni. Nabo bafika baxhawuleuNkululeko abe uNomthetho selesamkela umboko.)

Nomthetho: Enkosi mbhexeshi nkqubo. Nathi ke siyazibulisela kwinqununu yethu esindwendweleyo namhlanje. Sibulise kubafundi ngokubanzi. Nathi ke bafundi sisuka kwisikolo saselokishini.

Thina ke siphathiswe isihloko esithi, *Indima yomthetho ekunqandeni ukuhlukunyezwa kwamanina*.

Xa sihlomla ke sizakuqala sicalule ukuba sithetha ngantoni xa sithetha ngomthetho. Thina sithetha ngamaziko aphathiswe ukujongana nemicimbi yomthetho. Oko ke kuquka abakwantsasana, amagqwetha, abatshutshisi, oomantyi, iijaji kunye nendlu yowiso mthetho, le ke sithi yipalamente.

Bantu bakuthi asizukuyenza nde intetho yethu.

Okokuqala thina sithi ayikho indima edlalwa ngumthetho ekunqandeni ukunukunezwa kwamanina. Isizathu sokuba sitsho kukuba yonke into eyenziwa ngumthetho yenziwa emva kokuba ubundlobongela obenziwa kumabhinqa sebenzekile. Masithathe abakwasidlodlo. Abanakuze beze bezokunqanda ukwenzeka kokuhlukumeza. Bona beza xa sekufakwe ityala lohlukumezo okanye xa kukrokrelwa olo hlukumezo. Xa ndithetha ngokukrokrela ndithetha ngemeko apho kubikwa ukulahleka komntwana, ngakumbi umntwana oyintombazana, okanye ibhinqa. Hayi ke uyakuswantsuliswa ke apho ubuzwa le nale kude kufunwe nokuba nikrokrela ukuba uphi. Phofu naxa senikwenzile oko kufuneka nilinde iiyure ezithile ukuze kuthiwe lo mntwana ulahlekile. Ziiyure zantoni ekubeni umntwana wakho engekho ekhaya ngeli xesha ebekumelwe ukuba ukho ngalo?

Kukho nezinto ekuthiwa zii*protection orders*. Mangaphi amabhinqa abhubhe ephethe eli phepha? Yintoni ebangel' ukuba kuthenjelwe ephepheni ukuba lizakuphelisa ukuhlukunyezwa komntu olibhinqa ekubeni selebubona ubugwinta bulengalenga phezu kwakhe?

Maxa wambi uthi ngoku sewuyokuchaza ukuba nanku umntu esaphula imiqathango yokhuseleko ekweli phepha, ungatsho ukufumana luncedo. Loo nto iyodwa ibonakalisa ukuba asilophepha ekumelwe liphelise ukunukunezwa kwamabhinqa, koko zizenzo zamagosa aphathiswe ukuqinisekisa ukuba umthetho uyalandelwa. Noko kunjalo into eyenzekayo yeyokuba kulindwa ukuba umthetho mawophulwe ukuze kuthathwe unyawo.

Siye kwindlu yowiso mthetho. Ewe imithetho mininzi iyenziwa, kodwa ke eminye ayenziwa nakubeni kufaneleke ukuba iyenziwa. Into exakayo apha ekwenziweni kwemithetho akufakwa mithetho yodwa. Kudityaniswa nezinto ezingengomthetho. Umzekelo, uyabekwa umthetho wokunqanda ukuhlukunyezwa kwamanina kodwa kwalapha kuwo kubekho inyoba yokuwaphula. Kuthiwe owaphulayo lo mthetho uyakufumana ubuncikane isigwebo esithi. Kutheni le nto kunjalo? Kutheni le nto kungamiswa umthetho qha? Ndicing' ukuba into yokuwaphula nokugwetywa mayibonwe ngabagwebi.

Sendithetha ngabagwebi abo, ndingatsho ngokulula ukuba kuninzi ukujongelwa phantsi kwamanina kwezo nkundla. Okokuqala sithethe ngexesha lokuxoxwa kwetyala. Ukuba unguNantsi kaNantsika akuthathi zinyanga zingaphi ukuviwa nokuxoxwa nokugwetywa kwetyala lakho. Ukuba ubonwa njengomoya njee, ityala ebelithatha inyanga enye kuSaziwayo kuwe lakuthatha iminyaka-nyaka. Iyodwa ke eyokuba ushiye izinto zakho obuzakuzenza, usebenzise imali ukuya etyaleni, wakufika kuthiwe limisiwe. Uphi ke umthetho kuloo meko? Nalapho yonke loo mbiza ibondwa ngabagwebi nabatshutshisi.

Hayi ke andisathethi ngamagqwetha. Ndithi ndakucinga ngawo ndibandelwe ligazi. Wakhe wayibona phi into yokuba umntu azimisele ukuthethelela umntu obuleleyo, umntu odlwenguleyo, isela, umrhwaphilizi? Yimali ebiseyitheni le ide ibangele ukuba uphulukane nobuwena bakho? Ewe, andali ukuba xa besenza umsebenzi wabo bahamba ngokwemigaqo yokuziphatha (*ethics*) ngokwezifundo zabo. Kodwa buphi ubuyena bakhe ukuba angade abunikezele ekulandeleni imimiselo yezifundo?

Bambi bade bazingombe izifuba ngelithi bazakumlwela loo mntu ade aphum' etshaya. Ngokuba kutheni?

Abanye babo babuqonda ubunzulu bokunukunezwa kwamanina xa loo nto yenzeka kwizihlobo zabo, kube kungona abetha ngenqindi ukuba akanakubuye athethelele umbulali. Xa ebeyiqalelani loo nto? Nokuba sekusithiwa umntu ngumtyholwa, nabani na unako ukusebenzisa ingqondo nengqiqo yakhe ukwahlukanisa phakathi komntu otyholwa njee nalowo ophika into ayenzileyo. Okungaphezulu kumntu ofundele umthetho umelwe ukwehlula phakathi kwedami kunye nembodlela enobisi, angazenzi uhata ngenxa yemali.

Abanye abantu bade bathi umthetho walaph' ekhaya awunamazinyo. Phofu loo nto ingangqineka xa ufumanis' ukuba kwa la magosa aphathiswe ukujonga ukubanjwa komthetho, uve kusithiwa bathe gabhu ekuwaphuleni.

Mandingaqweli ndingancazelanga ugxa wam lo (*utsho enikeza ngomboko kuSiseko*).

Siseko: Ndiyabulela gxa wam. Besesibulisile ke bafundi. Okwam kukugcwalisa umphanda kule ntetho kagxa wam lo. Andizukuphinda izinto abesel' ezibandakanyile.

Mna ndingathi aph' ekhaya sizingca ngomqulu womgaqo siseko okwizinga elivunywe lihlabathi lonke ukuba usemagqabini. Kulo mgaqo siseko kukho amalungelo endithanda ukukhe ndithi ukuwakhankanya.

Kwaphaya kwintshayelelo kuthiwa lo mgaqo siseko wamkelwa njengomthetho ukuze *ummi ngamnye akhuselwe ngumthetho ngokulinganayo nabanye*.

Kumqulu wamalungelo ndizakubandakanya nje le ndawo ihambelana nobukho bethu apha namhlanje. Okokuqala ndithanda ukuvelisa le ndawo ithi, '*Urhulumente makawahlonele, awakhusele, awakhuthaze kwaye awafezekise amalungelo akuMqulu wamaLungelo*'. Okwesibini uthi, '*Umqulu wamaLungelo usebenza kuwo wonke umthetho, kwaye uqamangela abawisi-mthetho, urhulumente, iinkundla nawo onke amacandelo karhulumente*'. Okwesithathu uthi, '*Bonke abantu bayalingana phambi komthetho kwaye banelungelo lokukhuselwa ngokulinganayo ngumthetho nokuzuza ngokulinganayo kuwo*'. Okwesine uthi, '*Wonk' ubani unesidima esingenakohluthwa nelungelo lokuba*

sihlonitshwe kwaye sikhuselwe'. Okwesihlanu uthi, *'Wonk'*
ubani unelungelo lokuphila'. Okwesithandathu uthi,
'Wonk' ubani unelungelo lokuba angagonyamelwa
nangaluphi na uhlobo, nokuba kukugonyamelwa
ngamagosa aseburhulumenteni okanye abantu nje,
angangcungcuthekiswa nangayiphi na indlela'.
Okwesixhenxe nokokugqibela kule ngxoxo yethu uthi,
'Wonk' ubani unelungelo lokungenziwa nto emzimbeni
nasengqondweni'.

Besenditshilo ke ukuba ndihluze nje ezi zihambelana
nengxoxo yethu. Ukuba sinokuqwalasela la manqaku
omgaqo siseko ndiwakhethileyo uthelekise nento eyenzeka
kumanina, ungatsho na ukuba siyawulandela siwuhlonela
umgaqo siseko? Nakanye! Endaweni yoko
siyawuqwabaza. Xa singawuhloneli umgaqo siseko
simelwe kukuba neentloni ukuzibiza ngokuba singabemi.
Kaloku ummi onguye ngokwaziyo ukuphatha
nokuphathwa. Kuvamile ke ukubona abo bakwizikhundla
eziphezulu bangafuni ukuphathwa. Ayisibubo ubumi obo.
Abaphathi silindele ukuba bahambe ngokomthetho,
bewuthobela kwaye beqinisekisa ukuba wonke umntu
uyawuhlonela awuthobele.

Kodwa asiyiboni loo nto kweli lakuthi. Into osuke uyibone
kukuba aba kanye balindeleke ukuba baqinisekise
ukwenziwa komthetho ibengabophuli wawo ncakasana.
Nanku umzekelo ophilayo kule Khomishoni kaZondo.
Akukho namnye ummi ongengomphathi ochaphazeleka
kurhwaphilizo olwenzeka apha elizweni.

Nokuba ungaya kweyiphi na i-ofisi, nditsho mna le
yenqila, ufika ilivumba lorhwaphilizo nkalo zonke.
Isibekaphi ke loo nto? Wumbi angabuza ukuba ingenaphi
kule ngxoxo yethu? Xa ubani enokucinga nzulu
angafumanisa ukuba ukuba belungekho urhwaphilizo
ngekungekho ntswela ngqesho, ngekungekho mzi ulala
ngamanzi, ngekungekho kudlisela ngemali ukuze ubani
arhurhuthekise amanina, ze azenzele igunya lokwenza

nantoni na kuwo. Iinkonzo ezingundoqo ngezinikwa abantu ngexesha ezidingeka ngalo, hayi le yokuthenjiswa undothenjiswa. Lulwaphulo mthetho lonke olo.

Ewe baninzi abantu abayikhalimelayo le meko. Kodwa ukukhalima kodwa kwenzani? Akushenxisi lwaphulo mthetho. Ngapha koko uyakufumanisa nabophuli mthetho abo bosul' imilomo balinganise abo bakhalimayo.

Amatshantliziyo amandulo ayekule minyaka yethu. Ayebetha ngenqindi phantsi enyanzelisa inguqu kwimpathombi eyayikho. Thina bantu batsha kutheni sisong' izandla? Thina sisuka sihambe nomsinga oku komgwanishe, de ufike sihleka nengahlekisiyo kuba sifuna ukuthandwa ngabo basemagunyeni okanye kwizihlalo eziphezulu zepolitiki. Ngelo xesha bona basiqab' intshong' emehlweni, besithi lala gusha ndikuchebe, babe besonakalisa ikamva lethu sibukele kwaye sibaxhasa.

Masipheliseni yonk' into ekhokelela ekwaphulweni komthetho, nokuba waphulwa ngubani na. Masixolel' ukujing' iliso kunokuba siyeke ikamva lethu limke namanzi. Enkosi mphathi nkqubo (*utsho enikeza uNtobeko umboko behla eqongeni bobani*).

(Kuqhwatywa izandla ngeli lixa besiya kuhlala uNomakrele noSiseko.)

Nkululeko: Wow! Ishushu int' elapha. Nak' ukwenzeka ke nto zobawo. Ngoku sizakuthatha ikhefu lemizuzu engamashumi amathathu. Lakubetha elo xesha sizakubuyel' enkomeni. Phaya ngasemva kukho iziselo ezilungisiweyo kunye namaqebengwana. Sibonelelaneni ke bafundi ukuze wonk' ubani afumane. Enkosi.

(Bayaphuma beyokufumana iziphungo namaqebengwana).

Indima 2

Umboniso 3

*(KukwaNomveliso. Kuhleli uNomveliso, uNosiseko, uNomagqabi, uNozamile, uNotyuwa noNohambile. Babambe intlanganis*o.)

Nosiseko: (*Emva kokuba bevule ngomthandazo omfutshane*) Bafazi, ndizakuqalangokudlulisa umbulelo kuNomveliso ngokusiboleka igumbi lokuba sibambe lo mhlangano wethu. Siyabulela sisi, ungadinwa nangomso. Besakuyithatha phi indawo ephangalele kangaka? Siyabulela nangamanzi ashushu la usibulise ngawo kweli khaya lakho. Kowu, uyimvuzemvuze kanene! Enkosi.

Ukungena emxholweni ke manina, lo ngumhlangano wethu wokuqala emva kokuba besonyulwe kula ntlanganiso yamanina ibibanjwe kule veki iphelileyo. Iinjongo zale ntlanganiso yanamhlanje ke kukuba sibonisane ukuba sithini na ukuhambisa la miba ibibekwe ngamanina.

Ukukhumbuzana nje bekubekwe imiba emine eyile. Okokuqala bekubekwe ukuba senzani singamanina ukunqanda ukunukunezwa kwethu ngamadoda kwanangabanye abafazi. Kaloku kuye kwafumaniseka ukuba nakubeni ingamadoda ankqenkqeza phambili kulo mkhuba akwakhona namanye amanina awenzayo. Okwesibini senza njani ukuze loo nto siyakube siyenza sibe siyenza ngokusemthethweni okanye sibe asophuli mthetho ngokuyenza. Okwesithathu siyenza nabani loo nto sizakube siyenza. Oko kukuthi, ngawaphi amanye amaqela achaphazeleka kulo mkhuba apha ekuhlaleni. Okokugqibela, iyakuqalwa nini loo nto izakube isenziwa. Ndiba zinjalo iziphakamiso zala ntlanganiso. Ukuba kukho indawo endiyitsibileyo okanye endiyiphazamayo nakundilungisa ke bafazi.

Nomagqabi: Kunjalo kanye sisi.

Nohombile: Utsho kuyo kanye sisi.

Nosiseko: Okulandelayo ke koku: amanina aphefumle ukuba kuzakwenziwani na, aphefumle ukuba sizakwenza njani ukuze singophuli mthetho, akwaphefumle nokuba ngobani abathathi nxaxheba. Kanti ke nokuba le nto mayenziwe nini akwaphefumle. Loo nto itheth' ukuba owethu umsebenzi ulula okanye ubonakala ulula.

Okwethu kukuba sinxulumane naba bathathi nxaxheba ukuze babizelwe entlanganisweni yangomhla esizakuwubeka thina kule ntlanganiso. Kulapho ke siyakuphalazwa khona isigqibo sentlanganiso yamanina. Nalapho ke bafazi ndicela ukulungiswa ukuba kukho indawo endiyiphazamayo.

Nomveliso: Usekuwo sisi, asikaboni mpazamo oyenzayo.

Nosiseko: Ndiyabulela. Nantso ke nto zakuthi. Sithini, nini, njani?

Nozamile: Mna ndiyibona ingenangxaki yonke le nyewe. Kodwa ke okokuqala masikhumbuzane ukuba ngawaphi kanene la maqela kuthethwa ngawo.

Notyuwa: Ndingakhe ndiyithathe loo ndawo, noko ingabingathi ndizokwenza shushu izitulo zikasisi Nomveliso. Nani ke nakongeza apho ndingafikelelanga khona. Kaloku sithethe ngombutho wabahlali, iCPF, imibutho yezenkolo, imibutho yamagqirha, imibutho yolutsha, eyomama sithi ke. Andiyigqibanga?

Nomagqabi: Ooceba.

Notyuwa: Ewe nooceba, kunye neenkosi.

Nomveliso: Ndicing' uba into ebekugxininiswe kuyo yeyokuba makungamenywa mibutho yezopolitiko, kwaye loo mibutho kumelwe ukuba iyabandakanyeka kula maqela akhankanyiweyo. Omnye umbutho ngowosomashishini.

Nosiseko: Ingathi siwagqibile. Kodwa ukuba ikhona esiyilibalayo sakukhumbuzana. Into elandelayo ke yeyokuba siya nini njani kuyo?

Nomagqabi: Mna bendiphakamisa ukuba sibayele ezindlini zabo.

Nosiseko: (*Ebajonga nganye nganye*) Ukhona ofuna ukuphefumla kwesi siphakamiso sika sisNomagqabi? Nozamile ingathi ufuna ukuthetha?

Nozamile: Ewe kona sizakubayela ngokwendawo zabo. Kodwa mna bendinengcinga yokuba bakhutshelwe izimemo ezibhaliweyo ze sizise kubo ubuso ngobuso.

Nomveliso: Liyinene eli lithethwa ngusisi Nozamile, ndiyamxhasa. Eny' into kufuneka iincwadi zethu zibe nendawo yokusayina kwaye sibenekopi yephepha yeleta yeqela ngalinye.

Nosiseko: Ngumbono omhle ke lowo. Kwekhuu! Ndilibele ukukucela Nomagqabi ukuba uthathe imizuzu yale ntlanganiso yethu kwaye umntu ngamnye apha kuthi asayine nantsi i-*attendace register*.

Nomagqabi: Ndizakwenjenjalo sisi.

Nosiseko: Ingathi siyevana kule ndima yokuqala. Siyevana sonke ukuba makubhalwe iincwadi ezibamemela kwintlanganiso. Ngoku ke siyenza nini loo nto?

Nozamile: Noko sisi azininzanga ezi ncwadi kufuneka zibhaliwe. Singayenza loo nto nangoku sikwazi ukubonisana nangendlela ezibhalwa ngayo izimemo.

Nomveliso: Nam ndiyamngqinela usis'Nozamile.

Nosiseko: (*Ebajonga nganye nganye*) Ingaba ukhona umntu onomnye umbono? Hay' ke ingathi akakho. Ingaba ikhona enye into engaba asifikelelanga kuyo ukuzakuthi ga ngoku? (*Emva kokuthula kwethutyana*) Hay' ke bafazi, ingathi akukho nto ivelayo. Ndicing' ukuba makhe sithathe ikhefu lemizuzu elishumi elinesihlanu khe solule imilenze. Mhlawumbi abanye bethu sebenemiyalezo kwiimfonomfono zabo. Sakuthi ke xa sibuya sibe sesibhala iincwadi ezo, emva koko ke sibonisane ukuba sizihambisa njani na.

Indima 2

Umboniso 4

(Kuseholweni loluntu. Intlanganiso yabafundi iyaqhubeka emva kokuba bebuyele enkomeni ngemva kokufumana amaqebengwana neziselo kunye nengxoxwana ezingephi phakathi kwabo. Kusangxolwa kuba abafundi bethabatha iindawo zokuhlala.)

Nkululeko: *(Ekhwaza)* Inzwi bafundi, inzwi! *(Kuthi cwaka)* Enkosi bafundi. Ngoku ke sizakungena kwisigaba sesibini seengxoxo zethu. Ndiyathemba nizonwabele iziphungo namaqebengwana. Kananjalo ndiyathemba ukuba abanye benu bafumene abahlobo abatsha. Ngoku ke sizakuqhubeka nenkqubo yethu. Isikolo esilandelayo masize ngaphambili.

(Kuphakama uSikhulile no-Asive baye eqongeni. Nabo bafika baxhawule bange uNkululeko, uSikhulile abe selethatha umboko.)

Sikhulile: Mandibulele kuwe mphathi nkqubo. Ndiyabulisa kumfundisintsapho okunye nathi kule ndibano, ndikwabulisa nakuni bafundi ngokubanzi. Ndihamba nogxa wam u-Asive. Sisuka kwesinye sezikolo zemfundo ephakamileyo iSiphumelele, apha elokishini.

Esethu ke isihloko sithi, *'Ukunukunezwa kwamanina ezikolweni'.*

Bantu bakuthi kuhle ukukhumbula ukuba isikolo yindawo yokufundisa nokufunda. Apha esikolweni sifumana abantwana kunye nabo sicinga ukuba ngabazali nabantakwethu. Aba ke ndibatshoyo ngabefundisintsapho. Sinabefundisintsapho basetyhini kunye nabo basebuhlanti. Into esiyilindeleyo kubo singabafundi kukuba basifundise ukuze nathi ngomso sifane nabo ngemfundo side sithi kratya.

{ 34 }

Kodwa kusuke kwakho ingxaki ezingileyo ngoku ezikolweni. Abafundi basuke bayilibala injongo yobukho babo ezikolweni. Kanti ke nootitshala basuke batyhefelwa seso sifo sabafundi. Okanye mhlawumbi sisifo sootitshala esisuke satyhefela abafundi. Nokuba yeyiphi kuzo isuke yafana nendindi yenkuku neqanda, ukuba yeyiphi eyaqala yabakho. Kodwa nokuba kuqale kwakho inkuku okanye iqanda, zombini ezo zinto zizinto ezikhoyo.

Mandiqale kootitshala. Ndinombuzo wokuba inokuba ootitshala aba bangenwe libhungane elinjani ezingqondweni zabo le nto bathi xa bebona ibhinqa basuke babone isondo? Okanye mhlawumbi ndiyibeka phucukileyo. Mandibuze ngolu hlobo, leliphi eli bhungane likwingqondo yootitshala eyenza ukuba xa bebona umfundi oyintombazana basuke babone inina abangabelana nalo ngesondo?

Yingqondo enjani le yootitshala abaziphilisa kabuhlungu ngokuzibandakanya nabantwana kwimicimbi yabantu abadala? Ndithi baziphilisa kabuhlungu kuba bavukwa bubusela, ubuxoki, ukuba nomoya wezikhova nokuzidyobha ngokungakwazi ukuziphatha, le nto abakhumshayo bathi yi-*immorality*. Ukuba bekungenjalo ngebungekho ubusela bokukhekhelezisa le ntombazanyana, kufihlwa eli sikizi alenza kuyo ngelithi akafuni kubhaqwa eyenza. Linyangaza lodwa kaloku elenza into lizimela ukuze lingabhaqwa.

Inyaniso yamphuluka ngonoquku ngoba uzakubika le, abike leya xa kufunwa ukuqondwa into emdibanisa nale ntombazana. Unomoya wezikhova kuba yinkohlakalo ephindaphindeneyo le yokuthi athi umntwana ethunyelwe ngabazali bakhe ukuba amfundise iincwadi kanti yena uzakumfundisa nokungakwazi ukuziphatha.

Bambi babo titshala bade bathembise ukumpasisa loo mntwana ukuba unokuthi abelane ngesondo naye. Kuphi ukuziphatha kukatitshala kuloo nto? Maxa wambi titshalandini ude amenze nzima loo mntwana. Kuthi kwakuba njalo asuk' am' entla utitshala agrogrise lo mntwana ukuba ukhe wathi nguye uyakumenza into embi. Bambi bade bakhuthaze nokukhutshwa kweso sisu. Buphi ubutitshala kwinto enjalo? Ngoku besazi ukuba esi senzo sinokubaphelelisa ngomsebenzi kodwa basaqhuba beyenza.

Hayi ke ngoku kule mihla sekude kwanomkhuba wokubulala lo mntwana ebeziselwe ukuba amfundise. Ndikhe ndive kusithiwa utitshala unika isizathu sokuba umbulele kuba emkhweletela. Asikho isizathu sokubulala. Ukubulala kukubulala qwaba. Makhe ndibuze, ingaba kuyaphela ukukhweleta emva kokuba emngxwelerhile okanye embulele? Akupheli. Ke ngoku kuphi ukoneliseka kuloo nto ayenzileyo?

Mandize kubafundi. Yintoni le ntombazana ebangela ukuba uzimanye notitshala? Abanye bethu bazakuthi banyanzelisiwe. Ayikho loo nto. Xa unyanzelisiwe yintoni ebangala ukuba ungayichazi loo nto? Kutheth' ukuba wena awunaye umntu omthembileyo wokumchazela into ekwehlelayo ongayithandiyo? Awuthembi nomzali wakho lo ukuthumele esikolweni ukuba uyokufunda? Ungade uthule ude wenziwe nzima kube kukhona uyithethayo loo nto? Awuthembi nenqunu le yesikolo sakho, ukuba phofu asiyiyo le yenza loo nto kuwe?

Bambi kuthi mantombazana bade bazingomb' izifuba ngokuthandana kwethu nootitshala. Yintoni loo nto? Kukuziphatha okunjani oko? Nathi mantombazana masiziphathe ngendlela ekulindeleke ngayo ukuba siziphathe njengabafundi, sichaze xa sisenziswa izinto esingazithandiyo ngootitshala.

Ngoku ndizakunikela kugxa wam agqibezele incoko yethu. Kuwe Aviwe (*Utsho emnika umboko*)

Aviwe: Nam mandizibulisele kumfundisi okunye nathi nakubafundi. Enkosi gxa wam. Ewe ugxa wam lo seleyiqwelile ingqokoqho. Okwam nje kukuqokelela izitya nemiphanda zibecalanye.

Mna ndizakuvela kweli cala lokuziphatha kwama-*boys*. Siyeva komabonwakude noonomathotholo ukuba mihla le kukho intombazana eye yabulawa yinkwenkwe yayo. Maxa wambi ezi zinto zibonakala zisenzeka ekuhlaleni. Kanti nalapha ezikolweni ziyenzeka, uve kusithiwa intombazana ihlatywe amatyeli amanga yinkwenkwe ebincuma nayo. Okanye uve kusithiwa ibulewe yatshiswa yaze yayakujulwa endaweni ethile.

Zininzi ke iziganeko ezahlukeneyo zamasikizi namanyumnyezi awenziwa sithi ma*boys* kuma*girls*. Nalapho ekwenzekeni kwezo ziganeko kuphetshelwa ngesikhwele nangokwala ukwaliwa. Andizukubuza ke ukuba kukwaliwa ebekuqalele phi bekuzokufundwa nje? Uzicacele loo mbuzo.

Ndinemibuzo endifuna iimpendulo zayo. Kutheni le nto sewujike wasisibulalamntu, wasisigwinta sesikhohlakali esingenazimvo? Akwamkelekanga ukubulala kukodwa, ibeyodwa ke eyokuba ude umrhuqe loo mntwan' omntu uyokumfihla phiphiphi. Usakugqiba ukwenza isikizi elinjalo ubuye uzokuhlala nathi, utye tyum, wosul' umlomo ibengathi khange wenze kwanto. Sigebengandini! Usithatha phi isibindi esimnyama kangako? Uva kanjani xa lento isenziwa kudad' enu? Uyazi kuphela xa isenzeka kuwe ube ungayikhathalelanga xa wena uyenza kudade womny' umntu?

Andiboni mahluko mna phakathi kokubulala umntu nokudlwengula. Kukubulala konke oko. Awazi ukuba xa udlwengula umntu ubulala ubuyena bakhe? Uve kunikwa izizathu zokwenza oko. Kutyholwe izinxibo zamantombazana. Kutyholwe iziyobisi. Umntu atyhole yonk' enyinto ngaphandle kokuzityhola yena.

Hay' ke isuke indikhathaze ngakumbi xa namanye ama*girls* uve ebuza imibuzo ethandabuza kwale ntombazana. Nabo ubeve bebuz' ukuba ebenxibe ntoni? Ebesiyaphi? Bekutheni az' ahambe yedwa? Ebefunani kula ndawo ngela xesha? Yonke le mibuzo ibhekiswa kulo mntu ulinina. Lo yena ungumdlwenguli kutheni engabuzwa ukuba ebefuna ntoni kula ndawo ngela xesha? Kaloku nguye umenzi wobubi. Kutheni le nto kubuzwa ixhoba? Belizakwazelaphi lona ukuba lizakudlwengulwa? Kanti umdlwenguli lo yena ebezazi ukuba ekulaa ndawo ngela xesha nje ebeyokukhangela ibhinqa azakulenza ixhoba lokulidlwengula, ade alibulale maxa wambi.

Makuthi ke nanku lo mntu ukrokrelwa ngokudlwengula ebanjwa esiya kwinkundla yamatyala. Nango amanina eyokuqhankqalaza ngelithi lo mntu akanatyala. Sisini eso? Ngubani onebala lokudlwengula, ingubani ongenalo? Nditsho nkqu naba baqhankqalaza ngokuchasene nomtyholwa, ukwenza kwabo oko akuphelisi kunukunezwa kwamanina ngamadoda. Akunakuthi kugqabhuke amanzi kwimibhobho yamanzi silibale kukumane sijika la manzi ukuba mawaye kweli cala, angayi kweliya, endaweni yokuvala umbhobho lo uvuzayo.

Mabuphele ubugebenga ezikolweni. Ukuze buphele thina singama*boys* kumelwe siwuphelise lo mkhuba. Masihambeni siye kwizikolo esifunda kuzo sifike sincothule neengcambu ukuphatheka gadalala kwamanina. Akhona amacebo esinawo, kodwa akonelanga ukuceba qha, singenzi ntetha kuphela, koko senze njengoko sicebile. Masinamathele kwizinto esimele ukujongana nazo.

Abanye bethu bazibona bengamadoda angomso anemizi yawo babe sebesithi bazintloko zemizi. Ziintloko ezinjani ezigcwele umoya wokubulala nokudlakathelisa amanina? Umoya wezikhova. Ziintloko ezinjani ezigcwele ubugwinta endaweni yokukhusela? Ziintloko zeenyoka ezo.

Khanitsho bafundi, siyazigwagwisa sithi sizelwe ngexesha le*technology*. Ukuzalwa nokuyisebenzisa zizinto ezimbini ezahlukeneyo, kwaye zohlukene ngomsantsa omkhulu. Ewe nizakuthi siyayisebenzisa. Into endiyaziyo kukuba uyakufika sinqokomfele kwezi foni zethu. Sisenzani eyakha isizwe? Ukudlala umculo? Ukuxoxa kumakhasi onxibelelwano? Ukubuka imifanekiso ehambis' umzimba? Buphi ubuchule bokusebenzisa le *technology* sizingomb' izifuba ngayo ukuze kunqandeke kwaye kulawuleke la manyumnyezi siwenza kumanina?

Sizigwagwisa ngokufunda izinto ezinamagama ezinje ngo IT ntoni ntoni nokuba ziinjineli. Kungani na ukuba singavelisi izinto ezizakunqanda eli shwangusha?

Ingabukeka ngathi yinto ekude obu bugebenga benzekayo. Njengokuba ulele emqokozweni nje, wazi ngani ukuba namhlanje okanye ngomso izakwenzeka kudade wenu okanye nawuphi umntu olilungu losapho lwakho? Wazi ngani ukuba kuthi kanti ngubhuti wakho lo wenza le mikhuba?

Balekani zintombi nafa sithi! Niza kuthi nisithembile ukuba sizakunigcina nikhuselekile, kanti nizisa emilonyeni yookrebe. Phakamani bafana nikhusele isizwe senu, hayi ukuba nibe ngokhoth' eyixathula.

Xa nisuka kule ndibano, bafundi, hambani niyokukhusela ubuso belizwe lethu, amanina. Egameni lenu makungabuye kuntshule izithombo ezitsha zokunukunezwa kwamanina ezikolweni. Osekuntshulile kutshabalaliseni kungekamili zingcambu. Hambani bafundi niyokuvala iliso lomthombo weengcinga zokuphathwa gadalala kwamantombazana ngama*boys* nootitshala ezikolweni.

Mayiqale kuthi bafundi, siyikrune intamo, siyophul' umnqonqo ingabi sanwena. Masiyityumze intloko ingabuye ilibone ilanga. Maz' enethole mphathi nkqubo *(utsho ebuyisela umboko kuNkululeko).*

(Bahlahlamba abafundi beqhwaba izandla ngeli lixa uSikhulile no-Aviwe besiya kuhlala phantsi.)

Nkululeko: *(Esaqhwaba, ejonga kwinqununu)* Hayi mfundisi andazi nokuba usekhona na. *(Ayeke ukuqhwaba)* Ndithi

mandikujonge ingabikanti sewuziphe amathafa. Kubethw'
iintonga kulo mhlangano. Ndis'ke ndanedyudyu.

Naku ke ukwenzeka bafundi. Okokuqala mandinazise
ukuba sifikelele esiphelweni seengxoxo zethu. Ndiyanicela
ke khe niphakame niziqhwabele ngokwenza udlwabevu
olunje lweengxoxo (*Bayaphakama batsho ngentswahla
yokubeth' izandla*). Okwesibini ke bafundi khanikhe
niziqhwabele ngokuziphatha kakuhle okungaka yonke le
mini yanamhlanje. (*Ekhwaza*) Ezandleni! (*Baphinda
babeth' izandla abafundi*). Mandibuye ndibulele ke nto
zoobawo ngokuthi nindilulamele njengombhexeshi
wenkqubo walo mhlangano. Inene andinabhongo lendlela
eniziphathe kakuhle ngayo.

Okokugqibela ke mandithathe eli thuba ndibuyisele
intambo kumninizo obendiboleke iqonga ukuze
ndibhexeshe ezi ngxoxo. Kuwe ke mfundisi (U*mnika
umboko. Abafundi bamqhwabela izandla bekhalisa
namakhwelo*).

Nqununu: Kwekhuuu, bantwana bam! Hay', hay', hay', hay'! Inene
andazi ukuba mandithethe ndithini na. Aphel' emqaleni.
Andizange ndazimasa iingxoxo ezikumgangatho ophezulu
kangaka ezenziwa ngabafundi. 'Yazi ndis'ke andazazi
nokuba ndiphi na, nokuba ndisepalamente okanye
kwiingxoxo zeenkokeli zamabhunga athile okanye ndiva
nina nyani-nyani. Khaniphinde man niziqhwabele izandla
(*Bayaphakama baqhwabe, abanye bekhalisa amakhwelo*).

Ongakhange abekho kwezi ngxoxo uyakudel' ekholwa.
Mna ndodwa nindosul' ukubila. Bendingazi ukuba ninzulu
kangaka. Uphosiwe ongakhange abekho kwezi ngxoxo.
Kodwa ke akaphoswanga kuyaphi kuba yonke le nkqubo
ithathiwe nge*video*. Mandiniqinisekise ukuba ethubeni
elingaphantsi kwenyanga zizakuthunyelwa ezikolweni.

Mandinibulele ke bantwana bam ngomsebenzi omhle
kangakanana eniwenzileyo ngolu suku lwanamhlanje.
Ngokuqinisekileyo khange luhambe mahala. Njengoko
nam ndifunde lukhulu kwezi ngxoxo zenu, ndiyathemba

ukuba nani nifundile kwiingxoxo zezinye izikolo. Okuseleyo ke ngoku kukuba xa sibuyela ezikolweni zethu sifika senzeni. Kule veki izayo sizakube sinentlanganiso yeenqununu zezikolo. Apho ke sizakunika ingxelo ngalo mhlangano wenu.

Njengoko umphathi nkqubo seletshilo sifikelele esiphelweni senkqubo yethu yanamhlanje. Njengokuba sizakubuyela emva emakhaya ndinga singasuka apha siye ngqo emakhaya. Andifuni ke ukuba i*department* ibe iphendula izinto esingazaziyo zokuba umntwana othile akafikanga ekhaya. Sonke siyazi ukuba i-ofisi inilungiselele i*transport* ekwayile ibiyokunithatha ezikolweni zenu. Ukusuka apha ke umntu uya enqweleni, le ibiyokumthatha esikolweni.

Ngoku ke sizakubuya sivale ngomthandazo njengoko besivule ngawo. Emva koko ke niyakuya kwakwela gumbi benifumene amaqebengwana kulo. Sikhona isixhaso esilungisiweyo.

(*Kuyathandazwa. Emva komthandazo abafundi baya egumbini lokutyela, bakugqiba baya ezithuthini zabo*).

Indima 3

Umboniso 1

(Kuseholweni yoluntu elokishini. Kudibene khona amaqela amenywe liqela lamanina. Umphathi nkqubo uyayisungula intlanganiso emva kokuba kuthandaziwe.)

Sihlalo: Mandiphinde ndibulise kuzo zonke i*structures* ezilapha endlwini. Besendibulisile ntonje ndiqaphel' ukuba kukho aba basandul' ukungena. Asinqweneli ibengathi kukho umntu okanye iqela elingamkelekanga.

Egameni le *Women's Forum* ndithatha eli thuba ndinamkela kulo mhlangano. Ndiyanibulela kananjalo ngokuthi nilisabele ikhwelo esilenze ngethutyana elincinci kangaka, siyakuxolisela oko. Kodwa xa indlu isitsha awulindi thuba litheni ukuze uhlab' umkhosi.

Ndingayanga kude ke zinkosi zam, manditsho injongo zalo mhlangano wanamhlanje. Phofu ke unjengoko sitshilo kwizimemo. Undoqo ophambili ngowokuba senza ntoni ukunqanda ukunukunezwa kwamanina ngamadoda. Xa ndisithi amadoda ke ndiquka wonk' umntu wasebuhlanti ukudibanisa namakhwenkwe. Ndicel' uxolo kuloo ndawo kuba alikho elinye igama endilaziyo elimele le nto ndiyithethayo.

Ndicela ukuba nisive ukuba sithini na singamanina. Ndiyayiphinda ndithi sifuna ukwazi ukuba yintoni emasiyenze ukunqanda ukuhlukunyezwa kwamanina? Nalapha xa sisithi amanina siquka iintombi namantombazana. Emva kokuba sithe thaca oko kumelwe sikwenze sizakutsho ke ukuba siqalisa nini ukwenza oko.

Yiloo micimbi mibini ke bakowethu esizakuxubusha yona namhlanje.

Isicelo sam ke sinye, sesokuba njengoko iqela ngalinye apha ekuhlaleni limelwe kule ntlanganiso silindele ukuba iqela ngalinye libe negalelo. Asingethandi ke ukuba kubekho iqela elifuna ukuyimfimfitha lodwa le nyewe.

Kwakhona ke bantu bakuthi ndicela intsebenziswano kulo mcimbi sikuwo. Makuthi nokuba sinemibuzo ibe yimibuzo emalunga nomcimbi esingawo, kwaye masingathathi ngokuba amagalelo ethu ajongelwa phantsi xa sibuza. Kokuzeke sifuna ukuqonda malunga nengxaki yethu le.

Nantso ke bantu bakuthi. Masiyihle amahlongwane phezulu.

Dalingxoxo: Manene nani manenekazi, nam ndiyazibulisela. Mandibulele kuwe mhlali ngaphambili. Mna ke ndisuka kwiqela labahlali, ndikhutshwe lilo ke ukuba ndizokulimela kulo mcimbi. Siwuvile umcimbi kwaye silapha nje kungokuba siwuxhasa. Imbi into eyenzeka phandl' apha kumanina. Ayinyamezeleki kwaye ingasokuze inyamezeleke nanini na. Ewe siyeva ukuba apha sidibanele ukugudlana ngamagxa ngelokuba singathini na ukuyinqanda siyisiphule neengcambu.

Zininzi ke iinzame ezenziweyo ngamaqela ngamaqela, kunye nee-arhente ezithile, kodwa isuke ibengathi kugalelwa iparafini emlilweni. Kuyathethwa ngoku kanti ngeli xesha kuthethwayo kuhlukunyezwa amanina angangoboya benja. Sithini ke ngoko, utsho umbuzo? Thina sineziphakamiso eziliqelana. Kodwa ndizakudlulisa zibe zibini ukuze ingabingathi sizityel' itheko.

Okokuqala sicing' ukuba abanye bonobangela besi sihelegu zezi ziyobisi zisetyenziswa ngaba bantwana bethu. Zibaval' ingqondo kangangokuba bangakwazi ukohlula okukuko nokungekuko. Ngoko ke sithi makujongwane nokupheliswa kokusetyenziswa kweziyobisi.

Okwesibini ke kukuba kumelwe kuqiniswe uqhankqalazo oluya kwabomthetho xa kuthe kwakho isiganeko somtyholwa obanjelwe ukuhlukumeza amanina ukuze siqinise ukuba avalelwe de kube kuqukunjelwe ityala lakhe. Ndisatshaya.

Mbishimbishi: Nam ndithi mandizibulisele bantu bakuthi. Mna ndisuka kumbutho woosomashishini. Elethu igalelo lelokuba makuqiniswe ukubanjwa kwamaxesha orhwebo, singashishini kude kubesezinzulwini zobusuku. Iivenkile mazibe nexesha lokuvala ebusika nasehlotyeni.

Okwesibini nokokugqibela, ukoleka kule ibiphakanyiswa ngumhlekazi obephambi kwam, yeyokuba makuqinisekwe ukuba akukho mntu osebenzisa iziyobisi ezingekho mthethweni kwaye kwenziwe into ngabo bafunyaniswe bezithengisa. Ndimi.

Maqhinga: Ndiyabulisa nam bahlali. Mna ke ndinguceba wale wadi sikuyo. Ndihamba nogxa wam lo (*Utsho ekhomba inenekazi elihleli ecaleni kwakhe*). Kutyunjwe thina ukuba sizokumela umaspalati.

Nantsi ke into esiyiphathisiweyo. Okokuqala kuthiwe masazise le ntlanganiso ukuba umaspalati uyakugxeka ukuhlukunyezwa kwabasetyhini *in its strongest term.* Umasipalati wenza wonke unakonako wokuphelisa ubundlobongela kule ngingqi. Oko kuquka ukunukunezwa kwabasetyhini. Sithi oko sekwenzekile kwanele. Makungaphindi kubekho ziganeko zakunukunezwa nokudlakatheliswa kwamanina. Bonke abahlali mabenze unakonako wokuphelisa le ntlekele.

Umasipalati uyawaxhasa onke amalinge asemthethweni wokulwa nobu bundlobongela. Asinako ukuvumela ukuphatheka gadalala kwamanina. Makwenziwe konke okusemandleni ukuphelisa obu bugwinta. Ndisasithela.

Nontsasana: Nam ndiyazibulisela bahlali. Mna ndisuka kwiqela lokupolisa apha ekuhlaleni. Nditsho le nto sithi yiCPF, *iCommunity Policing Forum*, ngabula makhumsha. Andizukubamde ke mna. Endikuphathisiweyo kukuba elethu igalelo lithi makungavunyelwa bantu bahamba ngobusuku nokuba kungeenyawo okanye ngezithuthi. Le ntlanganiso ke iyakugqiba ukuba ubusuku buqala nini buphele nini. Okwesibini kukuba makubekho amavolontiya kweli qela lokupolisa ngokwasekuhlaleni ukuze kuncediswane ekuqinisekiseni ukuba umntu ofunyenwe esesithubeni ngelo xesha athathwe ayokuvalelwa kuloo ndawo avalelwa kuyo de kube kusasa kusuku olulandelayo. Oko ke kukuthi amalungu eli qela kumelwe ukuba apatrole izitalato zalapha ekuhlaleni ngelo xesha lakube libekiwe kule ntlanganiso.

Mzalwana: Mandiqale ndithathe eli thuba ndibhotise kumzi wonke olapha ngegama leNkosi. Mna ke ndiphuma kwiqela lezenkolo, le ke xa beyikhumsha bathi yi*Faith Based Organisation*. Sikhutshwe sisobane njengokuba nisibona nje (*Utsho ekhomba abanye*).

Thina bantu beNkosi akukho nto sizakuyimisa ngaphandle kokuthi makulungiswe izimilo zabantwana bethu. Ayikho into yokuvumela abantwana benze unothanda sijongile kude kudingeke ukuba wena mzali kufuneke ufihl' amehlo ngenxa yokubalekisa ukuphanyazwa ngalo masikizi bawenza esidlangalaleni. Makupheliswe ukuyeka aba bantwana bachule esitratweni emin' emnkonkolo, nanini na ke phofu.

Nazi njani ukuba aba bagonanayo banilalisa nje uboya kanti lo uyintombazana wenziswa into angayithandiyo kubengathi bayazana abe ethwetyulwa?

Okwesibini emizini yethu sinezindlu ezongezelelweyo kuba sivula i*space*. Ingaba thina bazali sikhe sizinike ithuba lokumane sikroba kula magumbi abo, kungathi kanti kukho imikhuba egilwayo? Kweliny' icala abantwana bethu abasiva, basidele ngolona hlobo kwaye siyaboyika ngenxa yoburhalarhume abanabo. Ukulungisa loo ndawo kungani ukuba kubekho ixesha apho kuyokujongwa kula magumbi abo ngamaqela asekuhlaleni ngentsebenziswano yawo onke. Oko kuquka iCPF, imibutho yabucala ejongene nolwaphulo mthetho, neminye ke endingenakugqiba ukuyibala. Mandisithele nam.

Nokuthimla: Camagwini bantu bakuthi. Mna ndimele iqela lezangoma, ndihamba noogxa bam aba (*Utsho ebakhomba ngesinqindana senduku esihonjiswe ngamaso*).

Singamagqirha sibuhlungu kakhulu yimeko yokuxhatshazwa kwamanina. Asihambisani konke konke nale ntlekele ingaka yokunukunezwa kwabo, de babe bayabulawa.

Nathi magqirha siyachaphazeleka kwesi sihelegu. Nakubeni kunjalo abo bayenzayo loo nto apha kuthi ngoosinga magqirha. Igqirha alibulali koko liyanyanga. Igqirha elibulalayo ayiselogqirha elo, koko ngumbulali. Zininzi bantu bakuthi iziganeko ezenzekayo apho kufumaniseka ukuba amagqirha ayabandakanyeka kwesi sihelegu sokuxhatshazwa nokubulawa kwamanina.

Ndiqinisekile ukuba bambalwa abantu abangazange beve kusithiwa nanku umzimba wentombazana ufunyenwe ematyholweni ukrukrwe amalungu omzimba. Uyeva, uyeva kuthiwa nalo igqirha elithile liyakrokreleka kweso senzo. Ndiyaphinda ndithi asilogqirha elo ngumbulali. Kukho nale nkolo iphuthileyo yokuba amalungu omzimba abantu ababala limhlophe kwenziwa amayeza ngawo. Bubuvuvu obuphindaphindeneyo obo.

Singamagqirha engingqi sithi thina sizakugqogqana izindlu zethu sijonge ukuba akukho kubandakanyeka kwagqirha na kwimikhuba yokushishina ngamalungu emizimba yabantu. Ukuba sithe safumana kukho ukukrokra, thina magqirha elo gqirha sithe salifumana likrokreleka sakulisa emthethweni ngokwethu. Ngaphezu koko singamagqirha siyazibandakanya kumanye amanyathelo ayakuthi kugqitywe ngawo kulo mhlangano. Chosi Makhosi (*utsho ehlasimla, ehlala phantsi*).

Sikhulile: Nam ndiyazibhotisela kuni bazali bam. Mna nogxa wam lo usecaleni kwam simele iqela lolutsha, i*Youth Forum*, lwalapha ekuhlaleni, kananjalo sikwangamalungu esigqeba sabafundi kwizikolo zethu. Njengabafundi sibe nethamsanqa lokuba neengxoxo ezihambelana nalo mba kungawo apha. Besihlangene singabafundi abasuka kwizikolo ngezikolo zale ngingqi *yeChris Hani* sixubusha lo mcimbi wokunukunezwa kwamanina angabafundi kwizikolo zethu. Siphume nesisombululo sokuba kungabuye kubekho uxhatshazo lwamanina ngootitshala nangabafundi abangama*boys*. Ukuba kukhe kwakho imeko ekrokrelekayo yotitshala ozibandakanya nomfundi, loo nto sakuyibeka elubala de siqiniseke ukuba loo mntu wenza eso sihelegu uyabanjwa kwaye aphelelwe nangumsebenzi.

Kwicala lolutsha nakhona siye sangqubanisa iintloko ngelokuzama ekufikeleleni kwiinzame zokuphelisa lo mkhwa. Thina into esigqibe kuyo kukuba sizakukhupha ulutsha ukuba lube yinxalenye yeCPF, ngakumbi ekusebenzeni ebusuku. Into esizimisele ukunceda kuyo kukuphelisa ukuzula kwabantu ngobusuku. Umntu esithe samfumana eyabula ngobusuku sigqibe kwelokuba sizakumthatha simse kwabakwantsasana ze bagcinwe kwelo ziko de kube lusuku olulandelayo. Sizakuphumzana ngolu hlobo ke silulutsha, abo basafundayo bakukwazi ukuthatha inxaxheba sizakufumaneka ngoLwesihlanu nangoMgqibelo ze ngeCawe kuthathise aba bangasafundiyo. Ngelo xesha lizakube libekiwe kule ntlanganiso sizakuqinisekisa ukuba akukho ntombi namfana sizakubabona behamb' esithubeni ngelo xesha. Ndisemi.

Tshotshentla: Nam mandibhotise kuni nonke kulo mhlangano. Ndinihloniphe nonke ngokwezihlalo zenu, ndingazukuzibalula nganye nganye ukonga ixesha. Thina njengokuba senzile nje (*Utsho ekhomba indoda nenkosikazi abemi ecaleni kwakhe*) siphuma kulo mbutho kuthi ngu- Hayi Egameni Lethu. Siyabulela kuwe sihlalo ngokuthi nisimeme kumhlangano omkhulu nobaluleke kangakanana. Siziva siwongekile ngokumenywa.

Njengomlomo walo mbutho, ndizakubas' iindiza kuba naku selithambekile. Abantwana bayatshisana emakhaya.

Sihlalo okwethu nje kunye. Siphakamela ukuvakalisa ukukhathazeka kwethu yindima yokuphathwa gadalala koogxa bethu abangamakhosikazi wethu emakhayeni ethu. Maxa wambi, okanye mandithi ixesha elininzi kusithelwa ngesebe lenkawu lesiko nezithethe njengezizathu zokubambelela kukwenziwa kwempathombi yala makhosikazi wethu.

Ngaphambi kokuba ndidwelise ezi ndima zempathombi, ndicela nisive kakuhle into yokuba asilwi nasiko nasithethe. Hayi, sikude lee ekulweni nazo. Okona sikucelela umngeni yindlela ekwenziwa ngayo la amasiko nezi zithethe.

Okokuqala bazali bam, nendicinga ukuba niyakwazi kukuba kule mihla sikuyo umtshato wakhelwe phezu kothando. Asikho esinye isiseko somtshato. Leyo into mayihlale apha ezingqondweni zethu sonke ababandakanyeka kwinkqubo yomtshato. Xa nditshoyo ke ndithetha ngabazali bethu, abantakweni, abasakwethu, nabantwana bethu, ukuquka abatshana nabazukulwana.

Masiqale ke ngesiko lokuqala apha emtshatweni. Kunesithethe sidala sinenkqayi nesade sagxininiswa nangamazwi eenkonde zamandulo xa athi, 'induku ayinamzi'. Njengokuba kuthethwa loo mazwi nje kokuzeke kuyalwa indoda ukuba ingaze ise isandla kwinkosikazi yayo. Nakubeni kunjalo ke, sesiyibona into yokuba zininzi iindlela zokohlwaywa kwamakhosikazi ethu.

Andizukuzibala izinto ezinje ngokuhotiswa. Ufike kusenziwa intlekisa ngalo mntwan' omntu, esenziswa izinto ngelithi kufunwa ukubon' ukuba uyawazi na umsebenzi. Ngelo xesha ezinye zezi zinto zenziwa ngabantu abangazange bawubone umnyango womtshato. Ndítsho oodade wethu mna, aba nithi xa nibateketisa ngamadodakazi. Kaloku ukuba indoda iyamthanda umfazi wayo, namadodakazi amele kuzek' emzekweni. Andisathethi ke ngomazala. Abafazi bethu sibazisela ukuba babe ngabantwana beli khaya, njengoko kwabanjalo kwantlandlolo emtshatweni. Makuyekwe ukwenziwa ibhola ngomntwana wasemzini.

Elandelayo yile yokuba uthi wakutshata nalo mntwan' omntu ufumanis' ukuba wenziwa isigculelo sezinto ezingahambi kakuhle kweli khaya. Okokuqala into yokuba unyana walapha engasaxhasi ngolwa hlobo ebesenza ngalo ngaphambili, yonke loo nto inamatheliswa kule nkosikazi yakhe. Zininzi ke izinto abethwa ngazo. Kuzakubalwa abatshana abangasathengelwa mpahla, uhlobo lokutya okuthile okungasathengwayo nokuphela phambi kwexesha ekuqhele ukuphela ngalo, iigusha ezingasathengwayo ngeKrismesi, ndibala ntoni na? Uyakufika kumane kujulwa izikweko ngapha nangapha. Phofu nezo zikweko zenziwa ekhona ukuze eve imivumba yezo ntswazi.

Hayi ke ilizwe lifile xa unyana eceba ukuzimela umzi wakhe. Yonke loo nto inamathiselwa kule nkosikazi. Phofu unyana lo utyholwa ngokuthiwa nqo ngempumlo.

Noqhwithela: (*Ephakama ekhwaza enganikwanga thuba lakuthetha*) Betha soje nyana kaSixhokonxa! Uyihlab' esikhonkosini! Tshisaaa!

Sihlalo: (*Enqanda uNoqhwithela*) Hayini kaloku bahlali, masiphan' ithuba. Qhuba mhlekazi, siziindlebe zonke.

Tshotshentla: Bendisatsho ke bazali bam. Ndizakubala nje zibembini, ndiyishiy' indawo. Andizukuzikhankanya zonke. Kodwa zonke ziphantsi kwesi sihloko sithi induku ayinamzi. Andizukuya kookuthakatha, kookuthwalwa, nazo zonke ezinye izityholo.

Esona sityholo sinzima nesinganyamezelekiyo sesi sokuba xa kubhubhe umyeni kuzakunukwa lo mfazindini ukuba nguye ombuleleyo. Ngelo xesha xa kubhubhe umfazi akukhe kuthiwe yindoda embuleleyo. Yimpathombi yantoni le kumabhinqa? Kanti kulindeleke ukuba indoda mayibhubhe nini yona ukuze ukufa kwayo kwamkeleke, kunganamatheliswa komnye umntu?

Icace gca bantu beNkosi ukuba le ngcinezelo nempathombi kumanina ifuna imfundiso kuluntu lonke ukukhupha le ngqondobugqwirha imile iingcambu kwiingqondo zoluntu ngamanina. Le mpathombi emizini isuka kwamanye amanina, umamazala namadodakazi amnyhukrule umntwana wabantu ukuba ade afikelele kwisigqibo sokuwuncama umtshato abe engakhuselwa nangulo aze ngaye kweli khaya.

Kutshanje imeko yokuphatheka gadalala kwamanina ithande ukuthatha olunye unyawo. Yakhe yakho phi into yesithwakumbe sokuba umama abulale abantwana, akugqiba naye azidlulise amafu? Asikho isizathu sokuba kwenzeke oko. Singulo mbutho sikuthetha oku kuba kuzo zonke ezi ziganeko soz' uve kusithiwa yeyiphi inxaxheba eyenziwe ngutata waba bantwana ukunqanda ukwehla kwesi sihelegu. Soz' uve ekhankanywa nakancinci utata waba bantwana. Ngokuba kutheni?

Ndize apho kufel' ithole khona ke Sihlalo. Elethu igalelo lelokuba mayipheliswe impathombi yamakhosikazi emizini. Masigqogqe amakhaya ngamakhaya, imizi ngemizi sense uphando lwempatho yamanina namakhosikazi emawabo okanye emizini yawo. Ukuba kudingeka uncedo, makuphunywe iphulo kuhlangatyezwane naloo meko imaxongo kufikwe isenzeka. Angekhe kude kufe abantu nabantwana ngenxa yempathombi. Unotshe!

Masihle ngelithi, impathombi, ukuhlukunyezwa nokudlathuzeliswa kwamanina ngekhe kwenzeke, hayi ngegama lethu.

Enkosi sihlalo.

Sihlalo: Kwekhuu! Utsho kwavokotheka Hayi Ngegama Lethu. Kukho isandla esiphakamileyo phaya (*Utsho ekhomba ngasekunene kwakhe*). Ndicela ungabimde ke mama.

Nontshuntshe: Ndiyabulela Sihlalo. Hayi ndiziva ndingenakunyamezela ukuthula emva kwesi sithethe sisandul' ukuhlala. Eyona nto indivusela ilunda kukuba le meko ithethwe ngumntu oyindoda. Loo nto iyodwa inika ithemba lokuba ukuphathwa gadalala kwamanina izakuba yinto yezolo. Siyawubulela umbutho onje ngalo. Singa ungazifezekisa iinjongo zawo.

Bendithi nje mandiphose lawo, Sihlalo. Enkosi kakhulu.

Sihlalo: Enkosi mama. Enkosi nangamazwi enkuthazo. Ngoku sizakubiza abameli babantwan' abahle.

Bhodlinja: Ndithi nam mandibulise kuwo umzi uphela. Thina ke njengokuba senzile nje simele indlu yeenkosi. Akukho nto sizanayo ke noko ngaphandle nje kokuba sisithi xa abantu bethethile babonisana ngeendlela ngeendlela emakupheliswe ngazo esi sithwakumbe sokudlakatheliswa, ukuxhatshazwa, ukwenzakaliswa nokubulawa kwamanina neentsana, loo nto siyayixhasa ngokupheleleyo sisisigqeba seenkosi. Kuyo yonke le nto sithanda nto inye, le yokuba kuthethwa ngokunqanda nokupheliswa hayi ukuthibaza ukwenzeka kwesi sihelegu. Kungoko ke sizixhasa iintshukumo ezenziwayo.

Ewe maninzi amagalelo athiwe thaca namhlanje kule ntlanganiso. Kukuthi ukuba siwajonge ukuba ingaba le nto sithi masiyenze izakuphelisa ukuxhatshazwa komama okanye izakukunqumamisa kuphela.

Thina sizinkosi sixhasa amanyathelo wokwenza oogqogqa kwimizi ngemizi. Abo gqogqa mabenziwe ngamaxesha awohlukeneyo kwaye isigqibo sokwenza oko nendawo ezakwenziwa kuyo yaziwe ngeli xesha izakwenziwa. Iinjongo zokwenza aba gqogqa kukuqinisekisa ukuba asihlelanga nazigwinta na apha ekuhlaleni.

Okokugqibela ke bantu bakuthi ndithanda ukuyivakalisa ngokuphandle into yokuba thina zinkosi asaneliseki yindlela umthetho ozisingatha ngayo izinto, ukusukela emapoliseni ukuya ezinkundleni zamatyala. Sicinga ukuba amapolisa anako ukwenza ngaphezu kokuba esenza. Masithathe nje umzekelo omncinane wokukuqhubekayo ngoku. Kutheth' ukuba amapolisa awawaboni la mashishini athengisa ngokungekho semthethweni ngeli xesha lokumiswa kwezinto ngenxa yesi sifo seKhovidi? Utheth' ukuba amapolisa ebengenako ukuncedisana nesimemezo sikarhulumente ukuqinisekisa ukuba wonke umntu unxiba izifonyo zokugquma umlomo neempumlo?

Ngelo xesha uyakufumanis' ukuba abo bantu bagqitha-gqitha phambi kwamapolisa okanye iinqwelo zamapolisa zidlula-dlula phambi kwaloo mashishini aphula umthetho. Asinakube siyibalisa ke into yokuba mapolisa lawo anonyawo lwemfene xa kuvulwa ityala lokuxhatshazwa kwamanina. Andizukunaba ke kuleyo kuba seyifana nale Khovidi kuthethwa ngayo.

Xa usiya ezinkundleni zamatyala, uyakufumanisa ukuba umtyholwa ubonelelwa ngaphaya kwesicelo ngumthetho. Maxa wambi kuthi ngoku kukho bonke ubungqina obusingisele ekutyholweni kwakhe, kodwa limiswe ityala abe ekhululwa nge*bail* umrhanelwa. Ngokuba kutheni?

Ukuqukumbela nokonga ixesha, thina zinkosi sithi umrhanelwa makangabuyeli ekuhlaleni nokuba selekhutshwe ngalo *bail*. Kodwa ke noko sisitsho nathi simelwe ukuba senze olwethu uphando olungqingqwa ukuqinisekisa ukuba lo mntu urhaneleka ngaphandle kwamathandabuzo. Kaloku inyani yona mayithethwe eyokuba ikhe yenzeke into yokuba umntu atyholwe engakhange wabe uyenzile loo nto okanye ubandakanyekile kuyo.

Nalo elethu igalelo mzi wakuthi.

Sihlalo: Mandithathe eli thuba ndibulela kuni nonke ngamagalelo enu kulo mcimbi. Ewe ayavakala onke nakubeni amanye afuna ukucazululwa ngemibuzo ukuze siqonde ukuba oko kutshiwoyo kungakunqanda njani ukuxhatshazwa kwamanina. Umzekelo, xa sisithi makuqiniswe ugwayimbo oluya kwiinkundla zamatyala, loo nto izakunqanda njani ukuxhatshazwa kamanina. Anditsho ukuba loo nto ayinakuba nagalelo kulo mba, kodwa ke masicinge ukuba xa kuqhankqalazelwa umtyholwa kuthetha ukuba loo nto seyenzekile. Kanti ke thina sithetha ngokuyinqanda. Oko kukuthi sifuna ingenzeki.

Ndenza nje umzekelo ngogwayimbo, kodwa esikutshoyo singamanina sithi galelo ngalinye masiliphononge ngombuzo othi elo galelo lizakukunqanda njani ukuxhatshazwa nokubulawa kwamanina.

Okwangoku makhe sithatheni ikhefu lemizuzu elishumi elinesihlanu khe sifumane amaqebengwana neziphungo. Xa sibuyela ke sizakuqwalasela la magalelo phantsi kwalo mbuzo sendiwutshilo. Emva koko ke sizakube sesibeka nexesha lokuba loo nto okanye ezo zinto sigqibe ukuba mazenziwe sizakuqala nini ukuzenza, sibe phofu siqwalasele ekubeni ixesha lona asinalo. Asinakubuya silinde ukuba kuxhatshazwe okanye kubulawe elinye inina.

Masiphungeni ke zinkosi zam.

(Bathatha ikhefu.)

Indima 3

Umboniso 2

(Kusesitalatweni. Kuhleli igqutyana labafana abasebatsha uGolgotha, uThambekeni, uKitari, uKhuthuza noMpempe, bayancokola.)

Kitari: He madoda, nikhe nayiva kodwa le nto yale tsunami kuthiwa iyasizela?

Mpempe: Wee, uqalile kanene wena ngezi ntsomi zakho. Yitsho sikuve.

Thambekeni: Hayi kaloku ulandela igama lakhe lowo. Uyamazi ngomculo. Akukho ngoma angakwaziyo kuyidlala, abe eyiloza ke phofu (*bayahleka*).

Kitari: Zenihleke kanti. Imbi into esizelayo.

Khuthuza: Yid' uthethe nawe mfondini. Kutheni lento ufuna sikombe?

Kitari: He madoda, theth'ba aniyivanga into embi kangaka ekuthiwa ijoliswe kuthi madoda ngamanina?

Golgotha: Yintoni na wena waske washwantshatha ngathi ngula mfo wayeginy' inyoka waseBhaybhileni wadenga akazazi nokuba makaye eNinive okanye eTalashishi?

Mpempe: (*Ehleka, nabanye bahleke*) Iyo Goly sbali, ndikuncamile ukude lee ekwazini iBhaybhile. Yintlanzi eyaginya ela *tayma* kuba lazijula elwandle lingakwazi nokudada. Kuthwa lavele la *overweight* ngokukhawuleza lasinda inqanawe, *then* la madoda abon' uba endaweni yokuba bafe bonke mabaske bajule yena emanzini. Ngethamsanqa lakhe kanti kukho ukrebe okufutshane wamginya. *Not* inyoka sbali.

Golgotha: Noba yintlanzi sbali yint' enye leyo. Nayo inofele olurhwexayo oku kwenyoka. Into endiyaziyo kukho eyaginya enye phakathi kwayo nala *grootman*. Ngoku uKidza naye uzenza la mfo, akazi nokuba asixelele ntoni, kodwa ikhona le nto afuna ukusixelela yona. Uqhotyoshwe yintoni Kidza ungade usixelele nje?

Kitari: (*Esahleka*) Hayi kodwa *bra*, iyandigqiba le yakho nenyoka. Kaloku zi*bra* zam ndinibuzile ukuba aniyivanga na le nto kuthiwa izakwenziwa ngamanina emadodeni, okanye mandithi kuyo yonke into enxiba ibhrukhwe, akunkwenkwe, akumfana, akundoda, akuxhego. Ngoku nohlulwa kukuphendula loo mbuzo ulula kangaka? Umbuzo uthi niyivile na into ezakwenziwa ngamanina emadodeni?

Thambekeni: Hayi kodwa nawe Kidza ungqukuva. Ukuba sizakuthi siyivile ibe kanti asiyiyo le uyivileyo wena, sizakuthini? Ukuba sithi asiyivanga kanti asivanga le ungayivanga nawe, ibe le ucinga ngayo besiyivile? Into esiyithethayo sithi wena chaza lento uyivileyo ze ubuze ukuba besiyivile na nathi. Nguwe lo usijikelezisayo.

Kitari: *Okay* ke *bras*. Kuthiwa ukusukela ngoLwesihlanu kule veki ngo 8 ebusuku ukuya kutsho ngo 5 kusuku olulandelayo akunakubonwa ndoda ezula estratweni. Akufunwa kubonwa ndoda ihamba nebhinqa. Ukuba kukho indoda ebonwe ihamba nebhinqa izakukhatshwa isiwe kule ndawo iya kuyo nalo ze kuqinisekiswe kubaninimzi ukuba iyaziwa na. Ngaphezu koko iqononondiswe ukuba akukho monakalo ozakwenzeka. Kuzakugqogqwa umzi nomzi kukhangelwa iziyobisi. Akukho moto izakungena apha *ekasi* ingaziwa. Ukuba iyaziwa izakugqogqwa kujongwa ukuba ithwele ntoni na. 'Khe kwabonwa indoda iyabula emva kweli xesha libekiweyo, iyakuyibeleka ikrwempa. Nantso into ebendiyibuza mna.

Mpempe: Kwaa, Kidza! Kanti utsho eli pholi? Ndiyivile mna. Kodwa ke Kidza yintoni eyakha yenzeka ebiphakanyiswa kwezi ntlanganiso zemihla ngemihla?

Khuthuza: Yitsh' uphinda Mpe. Into eyenziwayo apha kuyathethwa qha, zibe izikrelemnqa zisanda umhla nezolo.

Golgotha: Kodwa ke mna madoda ndifuna ukohluka kuni. Ewe andiphikisi ukuba kuthethwa qho kwaye kuthethwa kakhulu kodwa kungenziwa. Kunganjani ukuba lento sinokuyikhomba apha kuthi? Siyijonge ngelithi sith' aba kanye ababangela ukuba izinto zingenzeki.

Mpempe: Andikuva ke ngoku Golgy. Hambisa ukuba sithi njani.

Gologotha: Kaloku njengangoku uKidza usichazela ngento ethethwe entlanganisweni. Thina endaweni yokufuna ukuqonda ukuba le nto izakwenziwa njani, ngoobani sesisithi ayizukwenzeka. Kutheni le nto singafuni ulwazi oluphangaleleyo ze nathi sibe yinxalenye yale nto izakwenziwa?

Thambekeni: (*Exhawula uGolgotha*) *Take 5* Golgy *my bra.* Yinyaniso emsulwa le uza nayo. Thina masifune ulwazi oluphangaleleyo ze sizibandakanye kule nto izakwenziwa. Ngaphezu koko masilobeni olunye ulutsha ukuba lungenelele ekuncediseni kweli phulo.

Kitari: Ngathi oyena mntu okhokela amanina kule nto ngumama uNosiseko, umama kaLoyiso. Ndicing' ukuba ngoyena onokusandlalela kakuhle.

Golgotha: Ndikwelo nam Kidza. Kodwa ke singazibandakanya njani kweli phulo? Ndicing' ukuba xa umama uNosiseko unokusibuza ukuba sicinga ukungenelela njani, singathini? Umzekelo mna ndifuna ukuba kweli qela lizakubamba abophuli mthetho liyokubavalela kulo ndawo bagcinwa kuyo.

Thambekeni: Mna ndilapha kookhala abazakujonga abo bophula

imithetho.

Mpempe: Mna ndizakube ndifumana umqondiso kuThambza ndibe sendimemeza abahlali ngolo hlobo kuzakube kugqitywe ngalo, nokuba kuvuthelwa ixilongo okanye impempe.

Kitari: Hayi ke mna madoda ndiske ndaxakwa ukuba ndingakhetha eyiphi kuba ngathi senizikhethe zonke ezikhoyo. Kodwa ke ndicing' ukuba ndakuhamba neli qela loogqogqa.

Khuthuza: Mna ke *gents* ndiphaya kanye emsini. Ndizakube ndigade kanye aba bazakube bevalelwe, ndiqinisekise ukuba akukho namnye ugushuzayo de kubonwe icebo ngabo.

Golgotha: Ngathi iyondelelene ke nto zakuthi. Masitsho sisiyani kumama uNosiseko.

(Bayaphakama bahambe.)

Indima 3

Umboniso 3:

(KukuloNomsimelelo, kufika umhlobo wakhe uNomzekelo. Bayancokola.)

Nomsimelelo: *(Encumile)* Haybo Zeki tshoza, wafika ekuseni kangaka, uleqwa yintoni?

Nomzekelo: *(Naye encumile)* Yho, ndakuske ndijike ndigoduke kaloku mna xa uzakundamkela ngolo hlobo kowenu. Ufun' ukuthini kanti ngam?

Kaloku khange sibeke xesha. Nam ke ndiqonde ukuba mandikhawuleze ndize ekungazini ukuba umcimbi wethu uzakusithatha ixesha elingakanani.

Nomsimelelo: Hayi wethu Zeki, *don't worry*, bendiziqhulela nje. Lilungile eli xesha ufike ngalo ngoba nam andazi ukuba sakuthatha ixesha elingakanani. Eny' into zagqityelwa ngonoquku ukwenziwa ezi nwele. Nangoku ndinexhala lokuba ngehle ungafuni kundeza.

Ndicela siqale siqubule ezi zitya wethu tshoza, *then* sifumane ithuba elaneleyo lokuhoya ezi nwele.

Phofu ingathi uphethe nesiqhunyana esithile nje, akukho apho uya khona, ndingakulibazisi?

(Bathetha behlamba izitya. UNomzekelo uyazihlamba ze uNomsimelelo azosule abe selezibeka ngendawo yazo)

Nomzekelo: Hayi wethu Simza zizihlangu endifuna ukuya kuzilungisisa. Qha ndithe mandiziphathe kuba ndifuna nokubuza ukuba ezikasisi wakho wawuzisephi na kanene, ndisele ndizisa khona nezi zam.

Nomsimelelo: *(Ethethela phantsi)* Yhoo! Ungakhwazi tshoza. Ndingafa ngusisi ukuba angeva sithetha ngezo zihlangu.

Nomzekelo: *(Naye ethethela phantsi)* Ngokuba kutheni na Simza?

Nomsimelelo: Yhoo, awazinto wena tshoza. Kaloku eza zihlangu zaziyokufakelwa isoli qha. Yeka ke into eyenziwa sesa

---

simanga somkhandi. Andazi nokuba wayezolula ngantoni. Kodwa sathi sisithi akwabonakala nokuba sesiphi esasekhohlo isesiphi esasekunene. (*Ehleka*) Wena wakhe wayibona *iroster koek*. Zazingathi yiyo.

Nomzekelo: (*Naye ehleka*) Yith' uyadlala tshoza.

Nomsimelelo: (*Esahleka*) Ukudlala okwakuphi na tshoza? Oku *worse* ke tshoza wavele akafaka nolwa hlobo lwesoli ndandimcele alifake.

Nomzekelo: Sukundicubhula ngentsini apha tshoza. Ke ngoku wena uzithathelani ubona ukuba akwenziwanga le nto ubuyicelile?

Nomsimelelo: Sukudlala apha tshoza. Kaloku ndifika xa kuvalwa, ndizibonile phofu ukuba zizo izihlangu ezi kodwa ndanganakani ukuba kukho undonakele. Hayi *shame* nomnumzana wandisongela kakuhle. Ndifike ndazibeka phaya ndingazityhilanga. Mna ndothuswa ngumninizo xa ehlahlamba endibuz' ukuba yinqalo yantoni le ndiyenzayo. Xa ndithi, yhoo yintlama eyojiweyo (*Bayahleka*).

Nomzekelo: Ke ngoku kwathini uzungaziphindisi?

Nomsimelelo: Yhoo, tshoza! Akafuni nokuba ndibeke nomnwe omnye kwezo zihlangu zakhe. Abe ke phofu engade azise yena.

Nomzekelo: Hayke zambi ezo.

Nomsimelelo: Ngelo xesha akohlukanga tu kula mkhandi wezihlangu.

Nomzekelo: (*Ehleka, etsarhwa*) Hay man, tshoza, uyanditsarhisa. Utsho njani ke ngoku ukuba usomdala ufana nala mkhandi engengomkhandi wezihlangu nje?

Nomsimelelo: Awazinto wena Zeki. Kaloku usisiza wayekiswa kudaloo ukupheka ngoba apho apheke khona abantu bahlutha iveki yonke.

Nomzekelo: Hay, hay, hay, uzakuphum' impondo ukwenza intsomi emini, yini le!!

Nomsimelelo: Kaloku usisiza akabaseli, uyarhawula. Ungabona amagwinya akhe. Xa uwajongile unganethemba elikhulu ngoba mahle. Kodwa libambe ngesandla. Ibangathi uphethe ibhola yentsimbi. Hayke luma wena, okanye uliqhekeze. Ntlama yakwantlama (*Bayahleka*).

Nomzekelo: (*Esahleka*) Haybo ntombi, uyayibaxa ke noko.

Nomsimelelo: (*Naye esahleka*) *Stru* Zeki. Hayke ipapa … (*kungena uSomdala*).

Somdala: (*Engenelela intetho kaNomsimelelo*) Haybo, kunini ningxola nina kweli khitshi! Kanti nide nenze ntoni ephelayo!

(Uyaphuma uNomzekelo noNomsimelelo.)

Indima 4

Umboniso 1

(KungoLwesihlanu, ukuphela kweveki yesine liqalile iphulo lokunqumamisa ukuxhatshazwa kwamanina kwingingqi yakuKomani neziphaluka. Kuhlangenwe eholweni lesixeko apho kubanjwe intlanganiso yokuqala emva kokumiselwa kwephulo. Sekuthandaziwe baza bazazisa bonke abathathi nxaxheba.)

Sihlalo: Mandiqale ndikhahlele kwiinkosi eziphakathi kwethu, ndingazibizanga nganye nganye ngokwezikhahlelo zazo. Ndidlule njalo ndibulise koonyawontle abakunye nathi kulo mhlangano. Ndibulise kooceba kunye noogxa babo. Ndingatyhutyhanga wonke ubani zinkosi zam, ndiyabulisa kootata bonke, komama bonke kunye nakulutsha lwethu (*abantu bayavuma*).

Ukubetha koozelekazi ke ndingaqale ndithi namkeleke nonke ngokulinganayo. Njengoko kwakunjalo nangaphambili, nanamhlanje sisathi khululani iibhatyi nizixhome, kusekhaya nalapha.

Siyanibulela ngokubuya niziphe ithuba lokuba nizimase nalo umhlangano. Sithi maz' enethole.

Ngokwezigqibo zethu ke zentlanganiso edlulileyo sasiphakamise into yokuba emva kokusungulwa kwephulo lokubhangiswa kokunukunezwa kwamanina sizakuhlangana ngoLwesihlanu wokugqibela enyangeni le imiyo. Kungoko ke silapha namhlanje bantu benkosi.

Ngenxa yokuba imizuzu yentlanganiso edlulileyo besiyihambise kuwo onke amaqela ayekho kwintlanganiso engaphambili, asizukubambezela ixesha siyifunda. Koko into ezakwenzeka kukuba ndinike ithuba elingangemizuzu elishumi elinesihlanu ukuze kuxoxwe ngemivuka ukuba ikhona. Ukuba ayikho ke sakudlulela kumcimbi esingawo namhlanje. Nalapho ke bantu benkosi siye sayihambisa i-ajenda.

Mandinike ke elo thuba lemivuka.

Ngathi ukhona ubawo ophakamisileyo phaya ngemva. Kuwe bawo.

Mpoxo: Ndiyabulela kuwe sihlalo, ndibulisa kumzi wonke olapha. Mna ndiphakamela ukuqonda ukuba ongazange ayifumane imizuzu yentlanganiso kuba wayengekho entlanganisweni abe enemibuzo anayo malunga nezigqibo ezathathwa kuloo ntlanganiso, angenza njani?

Sihlalo: Andikuva kakuhle ke ngoku mhlekazi wam. Kaloku imivuka yeyabantu ababekho kuloo ntlanganiso. Lilonke awunakukwazi ukuphefumla ekubeni wawungekho. Kodwa ke makhe ndibuze ukuba wena usuka kweliphi iqela kula amenyiweyo.

Mpoxo: Hayi mna mhlali ngaphambili andisuki qeleni litheni, kwaye ndingakhange ndabe ndifumene isimemo. Kodwa nanjengamhlali bendikho xa bekusenziwa iphulo kwaye ndayifumana ukuba kuzakubakho intlanganiso namhlanje. Kungoko ke ndilapha.

Sihlalo: Hayi ke mhlekazi wam, ndilusizi ukukwazisa ukuba awuvumelekanga ube yinxalenye yale intlanganiso kuba le yeyalo maqela amenyiweyo. Isezakubakho eyabahlali. Ndicing' ukuba uyakulinda yona ukuze uthathe inxaxheba kuyo.

Mpoxo: Andivumelani nawe mhlal…

Maqhinga: (*Engenelela*) Mhlekazi asizukuphikisana nawe. Sicela usikhwelele kuba ngoku into oyenzayo usityela ixesha. Sikhwelele mhlekazi (*nabanye abantu bayamgxwagxwa abe selehamba eya kuphuma*). Yini le! Ngaba zungul' ichele abenza izinto zethu zingahambi ngendlela (*nabanye basaxokozela*).

Sihlalo: (*Ekhwaza*) Ndicel' inzolo bantu benkosi! Inzolo! (*Kuyathulwa*). Ndicela sibuyele kumcimbi wethu silibale ngezaphuselane ezi ziman' ukwaphukaneka. Azinakungabikho bantu bakuthi, kodwa ke simelwe sizilawule xa zithe zavela.

Ndiyabulela egameni lomhlangano ukuba nikhawuleze nayilawule le meko.

Bendinike ithuba ke lokuba siphefumle ngemivuka ephuma kwintlanganiso yethu yokugqibela, ukuba ikho phofu. Akunyanzelekanga ukuba ibekho. (*Ebona omnye wamalungu ephakamisa isandla*) Masive kuwe mfundisi.

Mzalwana: Noko sihlalo lide eli thuba usinike lona, ngathi akukho mntu uvelayo. Mna bendiphakamisa into yokuba siqhubele mgama.

Dalingxoxo: Ndiyamxhasa nam umfundisi.

Sihlalo: Nazo iziphakamiso. Ingaba ukhona ongaphesheya (*utsho ephunguphunguza indlu yonke*)? Hayi ke ingathi akukho mntu ungaphesheya.

Xa sisiya phambilana ke bantu benkosi, egameni lamanina nabathathi nxaxheba kweli phulo, ndicela ukudlulisa ongazenzisiyo nokhethekileyo umbulelo kumaqela okhuseleko onke ngokulingana kwawo ngokuthi bakuva ukuba kukho iphulo elinje ngeli bazek' emzekweni. Igalelo labo libelikhulu ngokumangalisayo. Kodwa konke oku sizakukuva xa sinikeza ingxelo.

Okwesibini asinakukulibala ukuzinikela okunje kolutsha ekuqinisekiseni ukuba iphulo lethu liyimpumelelo. Xa ulutsha lwethu luzinikele kangakanana kwiphulo lokunqanda ubundlobongela jikelele, kodwa ngakumbi obujoliswe kumanina, loo nto inika ithemba lokuba eli phulo liyaphila kwaye lizakuba nobomi obude. Kaloku ulutsha lingomso leenkokeli zesizwe sethu. Sithi huntshuuu bant' abatsha. Neyabo ke ingxelo sizakuyiva njengokuba siqhuba nentlanganiso.

Ngoku kweli thuba sizakuqwalasela i-ajenda yethu. Siyayibona ke ukuba imfutshane kakhulu kangangokuba inamanqaku amabini kuphela.

Nazi ke izihloko esizakucangcatha phezu kwazo, njengoko zibhaliwe; esokuqala kukunikezwa kweengxelo ze esesibini ibe ngumkhombandlela.

Ndizakucela siyitshay' iqhuma ke mawethu ukuze singatyiwa lixesha.

Njengoko amaqela azakuphefumla eliqelana, ndicela ke iqela ngalinye lisebenzise imizuzu elishumi ukunikeza ingxelo. Oko kukuthi ke sizakushwankathela oko sikwenzileyo kodwa sibe sichaze konke.

Mandinikele kwiqela lokuqala. Sizakubiza amaqela ke ngokokulandelelana kwamagama awo. Eee, ingathi ukhona ubawo ophakamisa isandla phaya (*utsho ekhomba*). Khawuphefumle bawo sive ukuba ingaba konakele phi.

Bhodlinja: Mandibulele mphathi nkqubo, ndibulise kumzi wonke uphela. Hayi akukho nto yonakeleyo noko. Sisiphakamiso nje sihlalo.

Ndiphakamela ukwazisa nje ukuba apha ezintsukwini siye saluman' iindlebe namaqela la abesentsimini. Ndicing' ukuba kuye kwafikelelwa kuye wonk' ubani ngokwamaqela akhoyo ekuhlaleni. Sithe ngokuphokozelana izimvo safikelela ekubeni makutyunjwe umntu ozakunika ingxelo yomsebenzi owenziweyo. Yonke loo nto ke mphathi nkqubo ibisekelezele ekongeni ixesha.

Ndiye ndacelwa ke ngamaqela ukuba ndidlulise loo mlomo, ze kuthi ukuba yinto eyamkelekayo abe seleyibamb' itshisa lowo utyunjiweyo. Ndisemi.

Phakathi: (*Ephakama ngokukhawuleza esothula nomnqwazi*) Aa, Bhodlinja!

Abantu: (*Amadoda emi ngeenyawo othule neminqwazi*) Aa, Bhodlinja!

Phakathi: Aa, Bhodlinja!

Abantu: Aa, Bhodlinja!

Phakathi: Aa, Bhodlinja!

Abantu: Aa, Bhodlinja!

Phakathi: Ndiyabulela mphathi nkqubo. Kaloku mawethu inkosi iyakhahlelwa. Okwam nje ibikukwenza oko.

Sihlalo: Siyabulela bawo. Siyabulela nangokusikhumbuza ngoxanduva lwethu. Ngoku ke makhe sibuyele kwisiphakamiso sokuba ukhona umntu ekuviwenwe ngaye ukuba uzakunika ingxelo.

Ngoku ke ukuzama ukonga ixesha, ndicela nje ukwazi ukuba bakhona na abangaphesheya kwesi sicelo. Ndicela babebabini nje abazakungqinelana ngoko.

(Ejonga abantu ngapha nangapha.)

Xa ndijongile ke ingathi akekho ongaphasheya. Masive ke ukuba ngubani okhethiweyo ozakuthethela indlu ngokubanzi.

Naso isandla (*Ekhomba umntu ophakamise isandla*). Ungathetha mama.

Nomveliso: Mandibulele mphathi nkqubo. Eneneni sivene ngazwinye ukuba sizakumelwa nguNomakrele, olulutsha kwaye ekwangumfundi kwesinye sezikolo zasezilalini.

Kuwe Nomakrele, ungathatha iqonga.

Sihlalo: Hay, hay, hay! Tyhini sis'Nomveliso, ungathini ukundithathela umsebenzi wam ndithe ndwanya amehlo? Ndim kaloku usihlalo. Yini le! (*Utsho ehleka, nabanye abantu kunye noNomveliso, bahleke*).

Akho ngxaki sisNomveliso. Kaloku uqhele ukukhokela iintlanganiso. Yiza ke Nomakrele sive ukuba usiphathele ntoni, ntomb' entle.

Nomakrele: (*Efika eqongeni ngaphambili*). Yhuu, ow' hayi mmm (*Utsho ephekuza ubuso ngesandla*). Eee, ndiske ndangazi nokuba mandiqale ngaphi, ndisothukile.

Sihlalo: Ungothuki wena mntanam. (*Emnika iglasi enamanzi*) Khawuthi rhabu nanga amanzi ukhe uthobe uvalo (*Arhabule uNomekrele*). Hekee, ke ntomb' am. Siziindlebe zonke. Khawusiphakele, kudala izisu zithe nca emqolo.

Nomakrele: Mandiqale ngokubulisa kumzi uphela olapha kulo mhlangano, kootata, koomama, kulutsha olungoogxa bam, nakubafundi abakhoyo abakwangoogxa bam.

Mandibulele kuwe mama ongumbhexeshi wale ntlanganiso ngokundinika ithuba lokondlala le ngxelo ndiphathiswe yona. Ndidlule ndibulele kuwo onke amalungu alo mhlangano ngokuthi andonyule ukuba ndibe ngumlomo wawo.

Ukonga ixesha masele ndibetha koozelekazi ndisithi thaca ingxelo le ngolu hlobo:

Mhlali ngaphambili, ndiphathiswe ukuba mandiyishwankathele le ngxelo kuba sonke thina silapha besiyinxalenye yeli phulo sinika ingxelo yalo.

Mandiyisungule ngokuthi andizange ndalibona iphulo elibe yimpumelelo njengeli phulo. Bekushiyiselwana ngotyefezo, ingulowo efuna ukuthatha inxaxheba. Esingakutsho singenadyudyu nje, mhlali ngaphambili, kukuba akukho mntu uhambisana nokuphathwa gadalala kwabantu basetyhini. Phofu mandiyibeke ngolu hlobo, akukho mntu uxhasa ukuphathwa gadalala kwaye nawuphi na umntu, kubekodwa kubantu basetyhini. Ukuba ukhona onezo njongo sicing' ukuba mnye kubantu abaliwaka (*kuqhwatywe izindla*).

Kungoko nje lo msebenzi sifunqulisene ngawo ngezandla ezingenamikhinkqi.

Kangangokuba kunjalo ndingatsho umlom' uzale ukuba aba bantu ubabona apha baliqhezu elincinci kakhulu xa kuthelekiswa nabantu ababezijule ijacu, bengoomayitshe bezingela le nto kuthiwa zizaphuli mthetho. Loo nto ibangelele ukuba bekunzima ukutyumba abantu abazakuza kule yanamhlanje intlanganiso. Ibingulowo ephum' izithuba efuna ukuza. Kodwa ke kude kwafikelelwa kweli nani ulibonayo apha namhlanje. Kungoko sisithi maz' enethole sizwe sakowethu, ukwanda kwaliwa ngumthakathi (*Kuqhwatywa izandla*).

Xa ndisiya apho kufele khona ithole, mama wam, ndingatsho ngokuzithemba ukuba iinjongo zephulo zifezekisekile zade zathi kratya. Ngubani ongakhange athathe inxaxheba? Ndithi mna bekude kuze nabatotobayo beqhutywa bubutsha beentliziyo (*Kuyahlekwa*).

Asizukungena ngokohlelo ngalinye kuba onke amahlelo aye aphathisana. Ndingashwankathela ngelithi kule nyanga yeli phulo ubundlobongela buphele nya kule nqila yakowethu. Ilali nelali, idolophu nedolophu, ilokishi nelokishi, nditsho nkqu nasematyotyombeni ubugewu, ubututu nokudlakatheliiswa akukho nenye ethe yenzeka (*Kuqhwatywa izandla*).

Kufanele ke ukuba kubenjalo, mbhexeshi nkqubo, kungokuba bekuphakame nosebeleni efun' undikho. Uz' uqond' ukuba iphulo belinamandla nditsho nabo bakadlomdlayo inkani bebeyibek' ecaleni. Bekuthi kusiba lurhatya lwemivundla ubabone beqhub' amatakane bejongis' imibombo emawabo (*Kuyahlekwa*). Phofu xa kusondele ixesha elibekiweyo bebengasawaqhubi nalo matakane, bebewaleqa. Ebethi othe wabhuda isingqi aze andwendwele uthuli lomhlaba, ebephakama engaphakanyiswanga mntu, azivuthulule, aphinde athathise ebaleka umsind' ozayo (*Kuyahlekwa kuqhwatywe nezandla*). Bebefanele ngoba bebesazi ukuba apho bafunyenwe beyabula bazakusiwa elugcinweni kobo busuku.

Ilungu: (*Likhwaza lingemva*) Kubo ntombazana, kubo!

Nomakrele: (*Eqhuba nengxelo*) Kuthiwe ke maze ndingatyumbi qela litheni kuba onke amaqela awenzile umsebenzi kwaye kube yimpumelelo kwimpatho yamanina.

Okona ke kuthiwe mandikugxininise liphulo lokuqeqesha amantomazana kanti, ke nesifazana, efundiswa iindlela zokuzikhusela xa anokuba kwimeko yokuqutyulwa ngenjongo zokudlwengulwa (*Kuqhwatywa izandla*). Ndistho nkqu mna mphathi nkqubo ndixhobe ndafohlela. Angathi uzile nje onezo njongo, uyakudibana neembila zithutha (*Kuyahlekwa kuqhwatywe nezandla*). Elo ke liphulo eliqhubekekayo nelingaphelelwa xesha.

Nabantwana ke bafundisiwe kwaye basafundiswa ukuba bangabokuze baphazame baye ebantwini abangabaziyo nokuba umntu selefuna uncedo olunjani kuye okanye empha iilekese okanye imali. Siyazi ke abantwana ngabantwana, baqhatheka lula. Kodwa ngokukhondoza befundiswa bazakude baqhele. Kanti ke nakwaba bantu babaziyo mabangavumi ukuba babase kwiindawo ezitenxileyo emakhayeni abo. Nokuba umntu ubuza indlela makangalinge ayokumkhombisa loo ndawo. Umntu makabuze ebantwini abadala.

Eyona nto iphambili mama yeyokuba umdlwenguli makangaphumi ehamba ngeenyawo zakhe kuloo ndawo adlwengulela kuyo. Ukuba yenzeka njani ke leyo, leyo yimfihlelo yoomama. Sizakubabonis' ukuba sibhinqe ngantoni. Yini le! (*Kuyahlekwa*).

Ezilalini kukho iinkosi, ooceba, abaphathi bolutsha kunye nee arhente zokhuseleko loluntu, le nto kuthiwa yiCPF. Ezo zinto zikho nasezilokishini nasezidolophini. Umahluko nje kukuba akukho zinkosi, kodwa bakhona oosodolophu. Ithi into ke mama, 'khe nje kwakho ukuphathwa gadalala komntu obhinqileyo, nokuba loluphi uhlobo, aba bantu babaliweyo ngentl' apha bazakuphendula ukuba oko kwenzeke njani bekhona. Ukuba abakwazi kuphendula loo nto itheth' ukuba kwabona bayityhefu, mabahambe.

Siyazi ukuba zikhona izaphuselane eziman' ukwaphukaneka. Ukuba kukhe kwakho bani othile oye wabanjwa ekrokrelwa ukuba waphule umthetho

wokungaphathi   gadalala   amabhinqa,   asiphindi
siqhankqalazele ukuba angafumani bheyile.

Mhlali ngaphambili, ngoku sizakuqhankqalazela ukuba
makafumane   ibheyile   abuyele   kuthi   sizokwazi
ukumeluleka.

Phambili ngembokotho, phambili!

Abantu: (*Bemi ngeenyawo*) Phambili!!

Nomakrele: Kwanele ngokuxhatshazwa kwamanina, kwanele!

Abantu: Kwanele!

Nomakrele: Ayihlom' ihlasele koqhuba nale ngqakaqha, ayihlome!

Abantu: Ayihlome!

Nomakrele: Ndizibuyisele kuwe mama iintambo zakho. Enkosi
ngexesha ondiphe lona.

*(Abantu baqhwaba izandla, kukho nababetha amakhwelo
nabalilizayo.)*

~~~~~~~~~~**Uwe umkhusane**~~~~~~~~~~

www.ingramcontent.com/pod-product-compliance
Lightning Source LLC
Chambersburg PA
CBHW071206130626
46555CB00004B/1604